T. MILLETT

GEORGES SIMENON

Los hermanos Rico

punto de lectura

Georges Simenon (Lieja, Bélgica, 1903-Lausana, Suiza, 1989) comenzó a escribir muy joven, ejerciendo el periodismo en su ciudad natal; este oficio, además de curtirle como redactor, le permitió conocer los ambientes cercanos a la delincuencia en los que más tarde situaría a sus personajes. A comienzos de los años veinte se trasladó a París, donde entró en contacto con artistas como Joseph Kessel o André Gide y publicó su primera obra. Autor prolífico, Simenon escribió alrededor de 200 novelas y unos 160 relatos, donde destacan las historias protagonizadas por el memorable comisario Maigret, que muy pronto lograron gran popularidad gracias a unas tramas sencillas que indagaban en la ambigüedad de la vida cotidiana. Admirado unánimemente, fue nombrado miembro de la Academia Real de Bélgica en 1952 y está considerado el gran autor europeo de la novela negra.

GEORGES SIMENON

Los hermanos Rico

Traducción de Carlos Pujol

Título: Los hermanos Rico
Título original: *Les frères Rico*
© 2000 Estate of Georges Simenon. Todos los derechos reservados
© De la traducción: Carlos Pujol, cedida por Tusquets Editores, S.A.
© De esta edición: julio 2007, Punto de Lectura, S. L.
Torrelaguna, 60. 28043 Madrid (España)   www.puntodelectura.com

ISBN: 978-84-663-6995-4
Depósito legal: B-31.252-2007
Impreso en España – Printed in Spain

Diseño de portada: Ordaks
Fotografía de portada: © John Springer Collection / Cover
Diseño de colección: Manuel Ordax

Impreso por Litografía Rosés, S.A.

ZN / 23

Los hermanos Rico

1

Como cualquier otro día, los mirlos fueron los primeros en despertarle. No les guardaba rencor. Al principio aquello le ponía furioso, sobre todo porque aún no estaba acostumbrado al clima y el calor le impedía dormirse antes de las dos o las tres de la madrugada.

Empezaban exactamente al salir el sol. Ahora bien, en Florida el sol salía casi de golpe. No había amanecer. De pronto el cielo se ponía dorado, el aire húmedo, vibrante por el parloteo de los pájaros. No sabía dónde habían hecho su nido. Ni siquiera sabía si eran verdaderamente mirlos. Era él quien los llamaba así, y llevaba diez años prometiéndose a sí mismo informarse, aunque olvidaba hacerlo. Loïs, la negrita, les daba un nombre que él hubiese sido incapaz de deletrear. Eran mayores que los mirlos del norte, con tres o cuatro plumas de color. Dos se posaron sobre el césped, cerca de las ventanas, y se pusieron a charlar en sus tonos agudos.

Eddie ya no se despertaba del todo, sólo era consciente de que amanecía, y no era una sensación desagradable. No tardaron en llegar otros mirlos, Dios sabe de dónde, sin duda de los jardines vecinos. Y, Dios sabrá por qué, habían elegido el suyo como lugar de cita matinal.

9

A causa de los mirlos el universo penetraba un poco más en su sueño, y mezclaba realidades con lo que estaba soñando. El mar estaba en calma. Apenas oía el rumor de una ola que se formaba no lejos de la playa, en una ondulación apenas visible, y que acababa rompiendo en la arena como un reborde brillante, agitando millares de conchas.

La víspera le telefoneó Phil. Nunca acababa de tranquilizarle el hecho de que Phil diera señales de vida. Le llamó desde Miami. Al principio para hablar del hombre cuyo nombre no había citado. Por teléfono raramente mencionaba nombres.

—¿Eddie?

—Sí.

—Soy Phil.

Nunca decía una palabra de más. Era como una afectación. Aunque hablase desde la cabina telefónica de un bar, tenía que cuidar su actitud.

—¿Todo bien por ahí?

—Todo bien —respondió Eddie Rico.

¿Por qué Phil intercalaba silencios entre las frases más anodinas? Incluso cuando hablaban cara a cara, aquello producía una impresión de desconfianza, como si estuviera ocultándole algo.

—¿Y tu mujer?

—Está bien, gracias.

—¿Ningún problema?

—Ninguno.

¿Cómo iba a haber problemas en el sector de Rico?

—Mañana por la mañana te mando un tipo.

No era la primera vez.

—Sería mejor que saliese poco... Y que no le entrasen ganas de ir a pasearse por ahí.

—De acuerdo.

—Es posible que mañana Sid venga a reunirse conmigo.

—¡Ah!

—A lo mejor quiere verte.

No era nada inquietante en sí mismo, ni tampoco nada del otro mundo. Pero Rico nunca había conseguido acostumbrarse a las actitudes ni a la manera de hablar de Boston Phil.

No volvió a dormirse del todo, se quedó medio amodorrado, sin dejar de oír a los mirlos y el susurro del mar. Un coco se desgajó de uno de los cocoteros del jardín y cayó sobre la hierba. Casi inmediatamente después, Babe empezó a rebullir en el cuarto de al lado, cuya puerta se dejaba entreabierta.

Era la menor de sus hijas. Se llamaba Lilian, y las mayores la habían llamado desde el primer momento Babe. Eso no le gustaba. En su casa le horrorizaban los apodos. Pero no podía llevar la contraria a las chicas, y todo el mundo terminó por llamarla como ellas.

Babe empezaría a canturrear, dando vueltas y más vueltas en la cama, como para prolongar su sueño. Sabía que su mujer, en la cama vecina a la suya, se estaba despertando también. Era la rutina de todas las mañanas. Babe tenía tres años. Todavía no hablaba. Apenas decía unas cuantas palabras deformadas. Sin embargo, era la más guapa de las tres, tenía una cara de muñeca.

El médico había asegurado que aquello se solucionaría un día u otro.

¿Creía en sus palabras el médico? Rico desconfiaba de ellos. Casi tanto como de Phil.

Babe balbuceaba. Al cabo de cinco minutos, si no iban a levantarla se pondría a llorar.

Rico casi nunca tenía que despertar a su mujer. Sin abrir los ojos, la oía suspirar, apartar la sábana, poner los pies desnudos sobre la alfombrilla, y así se quedaba unos segundos, sentada al borde de la cama, frotándose la cara y el cuerpo antes de alargar el brazo para coger la bata. Invariablemente, en aquel instante recibía una oleada de su olor, un olor que le gustaba. En el fondo, era un hombre feliz.

Ella no hacía ruido, se dirigía de puntillas hacia el cuarto de Babe, cuya puerta cerraba sigilosamente. Ya suponía que él no estaba dormido, pero era una tradición. Además, después él tenía la costumbre de volver a dormirse. No oía a las otras dos, Christine y Amelia, cuya habitación estaba más lejos, cuando a su vez se levantaban. No volvía a oír a los mirlos. Justo el tiempo de pensar brevemente en Boston Phil, que le había telefoneado desde Miami, y se hundía de nuevo como en una almohada en el sabroso sueño matinal.

En el piso de abajo, Loïs debía de estar preparando el desayuno de las niñas. Las dos mayores, que tenían doce y nueve años, se peleaban en su cuarto de baño. Desayunaban en la cocina, y luego iban a esperar, en la esquina de la calle, el autocar de la escuela.

El enorme autocar amarillo pasaba a las ocho menos diez. A veces Eddie oía sus frenos, otras no. A las ocho Alice subía, abría con mucha suavidad la puerta y entonces notaba el olor del café que ella le traía.

—Son las ocho, Eddie.

Bebía un primer sorbo en la cama, y luego ella dejaba la taza en la mesilla de noche, y se dirigía hacia las ventanas para descorrer las cortinas. Pero no se veía nada de fuera. Detrás de las cortinas había unas persianas venecianas cuyas hojas de color claro sólo dejaban pasar finas rayas de sol.

—¿Has dormido bien?

—Sí.

Ella aún no se había bañado. Tenía los cabellos castaños y espesos, la piel muy blanca. Aquella mañana llevaba una bata azul que le sentaba muy bien.

Mientras él estaba en el cuarto de baño ella se peinaba, y todo eso, esas menudencias de cada día, era reconfortante. Vivían en una casa bonita, muy nueva, moderna, de una blancura deslumbrante, en el barrio más elegante de Santa Clara, entre el *lagoon* y el mar, a dos pasos del Country Club y de la playa. Rico le había puesto un nombre del que estaba satisfecho: Sea Breeze, Brisa de Mar. Aunque el jardín no era grande, porque en aquel sector el terreno era muy caro, la casa estaba rodeada de una docena de cocoteros, y desde el césped surgía una palmera real de tronco liso y plateado.

—¿Crees que irás a Miami?

Él estaba en el baño. El cuarto de baño era realmente notable, con las paredes recubiertas de azulejos verde pálido, la bañera y los demás sanitarios del mismo tono, y todos los accesorios cromados. Pero lo que más le gustaba, porque era algo que sólo había visto en los grandes hoteles, era la ducha, cerrada por una puerta de cristal con un marco metálico.

—Todavía no sé si iré.

El día anterior, mientras cenaban, había dicho a Alice:

—Phil está en Miami. Tal vez tenga que verle.

No estaba lejos. Apenas unos cuatrocientos kilómetros. En coche la carretera era desagradable, desierta, atravesando los pantanos en medio de un calor sofocante. A menudo tomaba el avión.

No sabía si iba a ir a Miami. Lo había dicho porque sí. Se afeitó mientras su mujer, a sus espaldas, se preparaba a su vez un baño. Estaba un poco gruesa. No demasiado. Lo suficiente como para no poder comprarse ropa de confección. Su piel era extraordinariamente suave. Mientras se afeitaba, de vez en cuando la miraba a través del espejo, y se sentía satisfecho.

Él no era como los demás. Siempre había sabido lo que quería. La había elegido, muy joven aún, con conocimiento de causa. Casi todos los otros pecaban por sus mujeres.

También él tenía la piel blanca y fina, y, lo mismo que Alice, los cabellos muy oscuros. Incluso algunos de sus compañeros de colegio, en Brooklyn, le llamaban Blackie. Pero no se lo había permitido durante mucho tiempo.

—Me parece que hará calor.

—Sí.

—¿Vendrás a almorzar?

—No lo sé.

De pronto, mientras se miraba en el espejo frunció el ceño y se le escapó una exclamación de contrariedad. Se le veía un poco de sangre en la mejilla. Usaba maquinilla, y no se cortaba casi nunca. Sólo de vez en cuando, alguna vez la cuchilla tropezaba con el lunar que tenía en la mejilla izquierda, y eso siempre le causaba una sensación desagradable. Despellejarse no le hubiera producido peor impresión. Aquel lunar, que a los veinte años apenas tenía el tamaño de una cabeza de alfiler, poco a poco había llegado a ser como un guisante. Era moreno y peludo. La mayor parte de las veces Eddie conseguía que la maquinilla pasara por encima sin que sangrase.

Buscó el alumbre en el botiquín. Durante varios días aquello iba a sangrar cada vez que se afeitase, y le parecía que aquella sangre no era sangre normal.

Había preguntado a su médico acerca de aquel asunto. No le gustaban los médicos, pero iba a visitarles por cualquier problema, por pequeño que fuese. Les miraba de reojo, siempre sospechaba que le mentían, se esforzaba por hacer que se contradijeran.

—Si fuera menos profundo se lo sacaría con un bisturí. Pero está tan arraigado que dejaría una cicatriz.

En algún sitio había leído que las verrugas de esa clase a veces se hacen cancerosas. Sólo de pensarlo, sentía flojera en todo el cuerpo.

—¿Está seguro de que no es nada?

—Seguro.

—¿No podría ser un cáncer?

—¡No, claro que no!

Sólo se tranquilizaba a medias. Sobre todo después de que el médico añadiese:

—Si tiene que quedarse más tranquilo, le sacaré un cachito y lo haremos analizar.

15

No había tenido el valor de hacerlo. Era muy sensible. Y lo curioso es que de chico no tenía miedo a los golpes. Pero las cuchillas, los instrumentos cortantes le producían aquel efecto.

Aquel estúpido incidente le dejó preocupado, más que por el hecho en sí porque veía en él como una señal. Pero siguió afeitándose minuciosamente. Era minucioso. Le gustaba sentirse limpio, pulcro, tener el pelo brillante, una camisa de seda sobre la piel, ropa recién planchada. Dos veces por semana se hacía la manicura y le daban un masaje en la cara.

Oyó el coche que se detenía delante de la quinta de al lado, luego, delante de Sea Breeze, y supo que era el cartero; no necesitaba entreabrir las persianas para imaginarse al hombre que alargaba el brazo por la portezuela, abría el buzón, dejaba el correo y volvía a cerrar el buzón antes de volver a poner el coche en marcha.

El día empezaba de acuerdo con sus ritos. A la hora de siempre ya estaba a punto. Alice se ponía el vestido. Él bajaba primero, salía de la casa, cruzaba el jardín, luego ya en la acera sacaba el correo del buzón. El viejo coronel de al lado, con pijama a rayas, hacía lo mismo, y se saludaban vagamente, aunque nunca se hubiesen hablado.

Había periódicos, facturas de compras y de la casa, una carta en la que reconoció la letra y el papel. Cuando se sentó a la mesa, Alice, que le estaba sirviendo, se limitó a preguntar:

—¿Tu madre?

—Sí.

Leía sin dejar de comer. Su madre siempre le escribía a lápiz, en el papel que ella misma vendía en bolsitas.

Las bolsitas contenían seis hojas y seis sobres de colores diferentes, malva, verdosos, azulados, y cuando las páginas estaban llenas no añadía una nueva hoja, sino el primer pedazo de papel que encontraba. «Mi querido Joseph...»

Éste era su verdadero nombre. Le bautizaron como Joseph. Desde los diez u once años se había hecho llamar Eddie, y todo el mundo le conocía por Eddie, su madre era la única que seguía llamándole Joseph. Aquello le irritaba. Se lo había dicho, pero era algo más fuerte que ella.

Hace mucho tiempo que no tengo noticias tuyas, y espero que al recibo de ésta te encuentres en buena salud, igual que tu mujer y tus hijas.

A su madre no le gustaba Alice. Apenas la conocía, sólo la había visto dos o tres veces, pero no le gustaba. Era una mujer extraña. Sus cartas no eran fáciles de descifrar, porque, aunque nacida en Brooklyn, mezclaba el inglés y el italiano, y escribía las palabras de ambas lenguas con una ortografía personal.

Aquí la vida continúa como ya sabes. El viejo Lanza, el que vivía en la esquina de la calle, murió en el hospital la semana pasada. Tuvo un entierro muy bonito, porque era un buen hombre que vivía en el barrio desde hace más de ochenta años. Su nuera vino de Oregón, donde vive con el marido, pero él no pudo hacer el viaje, porque hace solamente un mes que le amputaron una pierna. Es un hombre bien plantado y con salud, que sólo tiene cincuenta y cinco años. Se hirió con una herramienta del jardín, y casi enseguida se le gangrenó.

Levantando la cabeza, Rico podía ver el césped, los cocoteros y, entre dos paredes blancas, una amplia faja de mar centelleante. Con la misma exactitud podía imaginarse la calle de Brooklyn desde la que su madre le escribía, la tienda de caramelos y de soda que regentaba, al lado de la verdulería en la que nació, y que abandonó al morir su marido. El metro elevado no estaba lejos. Se podía ver desde las ventanas casi como desde aquí se divisaba el mar, y a intervalos regulares se oía el estruendo de los convoyes de vagones que se perfilaban contra el cielo.

La pequeña Josephine se ha casado. Seguro que te acuerdas de ella. Hice que viniera a vivir conmigo cuando no era más que un bebé y su madre acababa de morir.

Se acordaba vagamente, no de uno, sino de dos o tres bebés a los que su madre había dado hospitalidad.

En sus cartas siempre había unas páginas en las que sólo se hablaba de vecinos, de personas que tenía más o menos olvidadas. Se ocupaba sobre todo de muertos y de enfermos, a veces de accidentes, cuando no de chicos del barrio a los que la policía había detenido. «Un buen muchacho que no ha tenido suerte...», solía decir.

Luego, sólo hacia el final, venían las cosas serias, las que en realidad habían hecho que se escribiese la carta.

Gino vino a verme el viernes pasado. Tenía un aire de cansancio.

Era uno de los hermanos de Eddie. Eddie, que era el mayor, tenía ahora treinta y ocho años. Gino tenía treinta y seis, y no se parecían. Eddie era más bien grueso. No es que fuese gordo, pero todo él estaba hecho de curvas, y tenía tendencia a criar grasa. Por el contrario, Gino siempre había sido delgado, con rasgos mucho más acusados que sus dos hermanos. De niño parecía enclenque. Incluso ahora nunca daba una impresión de salud.

Vino a despedirse porque aquella misma noche se iba a California. Al parecer se va a quedar allí cierto tiempo. Eso no me gusta. Nunca es buena señal enviar a alguien como él al Oeste. Intenté sonsacarle, pero ya sabes cómo es tu hermano.

Gino seguía soltero, nunca le habían interesado las mujeres. En toda su vida no debía de haber hecho confidencias a nadie.

Le pregunté si era a causa del jurado de acusación. Evidentemente, aquí se habla mucho de eso. Al principio se creyó que sería como las otras veces, que harían preguntas a unos cuantos testigos y que al final todo iba a quedar en agua de borrajas. Todo el mundo estaba seguro de que estaba «amañado».

Ha debido de pasar algo que el fiscal del distrito y la policía mantienen en el mayor de los secretos. Hay quien dice que alguien debe de haber hablado.

De todas formas, Gino no es el único que se va lejos. Uno de los grandes jefes se ha ido súbitamente de Nueva York, y los periódicos han dado la noticia. Seguro que la has leído.

No la había leído. Empezaba a preguntarse si no se trataba de Sid Kubik, de quien Phil le había hablado por teléfono.

Notaba una inquietud en la carta de su madre. Brooklyn estaba inquieto. No se había equivocado la víspera al desconfiar cuando Phil le llamó.

Lo malo es que nunca se sabe exactamente lo que pasa. Hay que adivinarlo, sacar conclusiones de hechos minúsculos que en sí mismos no quieren decir nada, pero que juntos adquieren a veces un significado.

¿Por qué habían enviado a Gino a California, donde teóricamente no tenía nada que hacer?

También a él le habían mandado a alguien, que debía llegar aquella misma mañana, con la recomendación de que no le dejara alejarse mucho.

Había leído las crónicas de las sesiones del jurado de acusación de Brooklyn. Al parecer se ocupaban del asunto Carmine, a quien habían matado delante de El Charro, en plena Fulton Avenue, a trescientos metros del Ayuntamiento.

Ahora hacía seis meses que Carmine había recibido seis balazos. La policía no había encontrado ninguna pista seria. Lo normal habría sido que el asunto hubiera sido archivado tiempo atrás.

Eddie ignoraba si su hermano había tenido algo que ver en el caso. Según las reglas, no hubiera tenido que participar en aquello, porque no se suele elegir a la gente que vive cerca para operaciones llamativas.

¿Tenía eso alguna relación con la llamada telefónica de Phil? Boston Phil no se tomaba una molestia porque sí. Todo lo que hacía era siempre para algo, y eso es lo que le hacía inquietante. Además, cuando se le mandaba a algún sitio, en general aquello significaba que algo iba mal.

Hay personas así en los grandes negocios como la Standard Oil o en los bancos que tienen muchas sucursales, tipos que sólo desembarcan en un lugar cuando los peces gordos olfatean una irregularidad grave.

Esto es lo que hacía Phil. Y también lo que le gustaba aparentar. Le encantaba dárselas de hombre que está en el secreto de los jefes, y se envolvía en misterio.

Hay otro asunto del que ya quería hablarte en mi última carta. No lo hice porque aún no eran más que rumores. Suponía que Tony tal vez ya te había escrito acerca de eso, o iba a hacerlo, porque siempre te ha tenido muy en cuenta.

Era el menor de los Rico, que sólo tenía treinta y tres años, y que había vivido con su madre mucho más tiempo que los demás. Desde luego, era su preferido. Era moreno como Eddie, a quien se parecía un poco, en más guapo, en más zalamero. Eddie no había tenido noticias suyas directas desde hacía más de un año.

Yo ya sabía —continuaba escribiendo la madre— que desde que estuvo en Atlantic City el pasado verano, aquí había gato encerrado. Ha hecho varios viajes sin decirme adónde iba, y he comprendido que se trataba de una mujer. Pero ahora hace cerca de tres meses que nadie le ha visto. Varias personas han venido a hacerme preguntas sobre él, y no era solamente por curiosidad. Hasta Phil vino a verme con el pretexto de saber cómo estaba, pero sólo me habló de Tony.

Hace tres días, una tal Karen, a la que no conoces, una chica del barrio que salió durante varias semanas con tu hermano hace ya bastante tiempo, me soltó a bocajarro: «¿Sabe usted, mamá Julie, que Tony se ha casado?». Me eché a reír. Pero parece que es verdad. Y que se trata de la chica que conoció en Atlantic City, una muchacha que no es de aquí, ni siquiera de Nueva York, y que dicen que es de una familia de Pensilvania. No sé muy bien por qué, pero eso me inquieta. Ya le conoces. Tenía montones de chicas, y parecía que era el último hombre que quisiera casarse.

¿Por qué no se lo ha dicho a nadie? ¿Por qué de pronto tantas personas necesitan conocer su dirección?

Seguro que me comprendes si te digo que no estoy tranquila. Están pasando cosas y me gustaría saber cuáles. Si por casualidad estuvieras al corriente, escríbeme enseguida para tranquilizarme. No me gusta todo eso.

Mammy te envía saludos. Sigue muy animosa, aunque ya no se levanta del sillón. Para mí lo más cansado es acostarla todas las noches en la cama, porque cada vez pesa más. ¡No tienes ni idea de lo que llega a comer! Una hora después de las comidas se queja de tener lo que llama un hueco en el estómago. El médico me recomienda que no le dé lo que pide, pero me falta el valor.

Eddie había conocido casi siempre a su enorme abuela y casi siempre, hasta donde llegaban sus recuerdos, inválida en un sillón.

Es todo lo que hoy quería decirte. Estoy preocupada. Tú, que probablemente sabes de ese asunto más que yo, por favor, dime algo lo antes posible, sobre todo a propósito de Tony.

¿Ha empezado a hablar la pequeña? En el barrio hay un caso, no de una niña, sino de un niño de la misma edad, que...

La continuación figuraba en un trozo de papel de otro color, y en la esquina había la palabra tradicional: «Besos».

Eddie no tendió la carta a su mujer. Nunca le daba a leer su correo, ni siquiera las cartas de su madre, y a ella ni se le ocurría la idea de pedírselo.

—¿Todo va bien?

—Gino está en California.

—¿Por mucho tiempo?

—Mi madre no lo sabe.

Prefirió no hablarle de Tony. Le hablaba poco de sus asuntos. Ella también era de Brooklyn, pero no del mismo ambiente. Es lo que él quería; de origen italiano, como él, porque si no, no se hubiera sentido cómodo; pero su padre ocupaba un puesto bastante importante en una compañía de exportación, y cuando Eddie la conoció ella trabajaba en una tienda de Manhattan.

Antes de irse fue a dar un beso a Babe, sentada en medio de la cocina y vigilada por Loïs. También besó a su mujer, distraídamente.

—No te olvides de telefonearme si vas a Miami.

Fuera el aire ya era tibio. Lucía el sol. Siempre lucía el sol, excepto durante los dos o tres meses de la estación de las lluvias. También siempre había flores en los parterres, en los matorrales, y palmeras que orillaban las carreteras.

Atravesó el jardín para ir a buscar su coche al garaje. Todos los que iban a Siesta Beach estaban de acuerdo en proclamar que era un paraíso. Las casas eran nuevas, la mayor parte quintas, cada una en su jardín, entre el mar y el *lagoon*.

Cruzó éste por el puente de madera, y al final de la avenida penetró en la ciudad.

El automóvil circulaba silenciosamente. Era uno de los mejores coches que había, siempre centelleante.

Todo era hermoso. Todo era claro y limpio. Todo chorreaba luz. Incluso había momentos en los que se tenía la impresión de vivir en un decorado de cartel turístico.

A la izquierda, unos yates apenas se movían en el puerto. Y en Main Street, entre los comercios, se reconocían algunos rótulos que por la noche se iluminaban con neón: el Gipsy, el Rialto, Coconut Grove, Little Cottage.

Sus puertas estaban cerradas. O bien, si alguna estaba abierta era porque las mujeres de la limpieza estaban dentro.

Tomó a la izquierda la carretera de Saint Petersburg, y poco antes de llegar al extremo de la ciudad vio un edificio alargado de madera en cuya fachada podía leerse: WEST COAST FRUIT IMPORIUM, INC., gran mercado de fruta de la costa oeste, sociedad anónima.

La parte delantera no era más que un largo mostrador en el que parecían alinearse todos los frutos de la tierra, las piñas tropicales de color castaño dorado, los pomelos, las naranjas enceradas, los mangos, los aguacates; cada variedad formaba una pirámide no lejos de las verduras a las que el agua pulverizada mantenía en un estado de frescura irreal. No sólo se vendían frutas: en el interior se encontraba la mayor parte de los productos de una tienda de comestibles, y junto a los tabiques se amontonaban latas de conserva desde el suelo hasta el techo.

—¿Qué tal, patrón?

Reservaban un espacio libre, a la sombra, para su coche. Todas las mañanas el viejo Angelo, con bata blanca y delantal blanco, salía a su encuentro.

—Todo bien, Angelo.

Eddie sonreía raramente, podría decirse que jamás, pero Angelo, lo mismo que Alice, no se lo tomaba a mal. Era su carácter. Eso no significaba que estuviese de mal humor. Era una manera suya de mirar a las personas y a las cosas, no necesariamente como si supusiese que le estaban tendiendo una trampa, pero sí de una forma calmosa, reflexiva. En Brooklyn, cuando aún no tenía veinte años, algunos le apodaban ya el Contable.

—Hay alguien que le está esperando.

—Ya lo sé. ¿Dónde está?

—Le he hecho entrar en su despacho. Como no sabía...

Dos de los dependientes con bata volvían a llenar los estantes con fruta nueva. Detrás, en un despacho acristalado, tecleaba una máquina de escribir, la de miss Van Ness, de quien se veían los cabellos rubios y el perfil regular.

Eddie entreabrió la puerta.

—¿No ha habido llamadas?

—No, señor Rico.

La muchacha se llamaba Beulah, pero él nunca la había llamado por su nombre. No le gustaba la familiaridad, y con ella menos aún.

—Le están esperando en su despacho.

—Ya lo sé.

Al entrar procuró no mirar enseguida al hombre, sentado en una silla, a contraluz, que fumaba un cigarrillo y que no se puso en pie. Eddie se quitó la chaqueta y el panamá, y colgó ambas prendas en el perchero. Luego se sentó, se subió las perneras del pantalón para evitar los roces, y también encendió un cigarrillo.

—Me dijeron que viniera...

Rico por fin posó su mirada en el visitante, un joven alto y musculoso que debía de tener veinticuatro o veinticinco años, con el cabello rojizo y muy rizado.

—¿Quién te lo dijo? —preguntó.

—Usted ya lo sabe, ¿no?

No repitió la pregunta, se limitaba a mirar al pelirrojo, y éste, que acabó por sentirse incómodo, se levantó murmurando:

—Boston Phil.

—¿Cuándo lo viste?

—El sábado. Es decir, hace tres días.

—¿Qué te dijo?

—Que viniera a verle a estas señas.

—¿Y qué más?

—Que no saliera de Santa Clara.

—¿Nada más?

—Por nada del mundo.

Eddie seguía mirándole fijamente, y el otro añadió:

—También que estuviera quietecito.

—Siéntate. ¿Cómo te llamas?

—Joe. En el norte me llaman Curly Joe.

—Te darán una bata y trabajarás en el mostrador.

El pelirrojo suspiró:

—Me lo temía.

—¿No te gusta?

—Yo no he dicho eso.

—Dormirás en casa de Angelo.

—¿Es el viejo?

—Y sólo saldrás cuando él te dé permiso. ¿Quién te anda buscando?

Joe frunció el ceño. Puso cara de chico testarudo y dijo:

—Me han dicho que no hablara.

—¿Ni siquiera conmigo?

—Con nadie.

—Pero ¿te han dicho concretamente que no tenías que decirme nada?

—Phil dijo: «a nadie».

—¿Conoces a mi hermano?

—¿Cuál? ¿Bug?

Era el apodo que daban a Gino.

—¿Sabes dónde está?

—Se fue un poco antes que yo.

—¿Habéis trabajado juntos?

Joe no respondió, pero tampoco lo negó.

—¿También conoces a mi otro hermano?

—He oído hablar de Tony.

¿Por qué bajó la vista al pronunciar estas palabras?

—¿Nunca le has visto?

—No. Me parece que no.

—¿Qué has oído decir de él?

—Se me ha olvidado.

—¿Hace ya mucho tiempo?

—No lo sé.

Era preferible no insistir.

—¿Tienes dinero?

—Un poco.

—Cuando se te acabe me lo pides. Aquí no vas a necesitar mucho.

—¿Hay mujeres?

—Ya veremos.

Eddie se puso en pie y se dirigió hacia la puerta.

—Angelo te dará una bata y te pondrá al corriente.

—¿Ahora mismo?

—Sí.

A Rico no le gustaba aquel tipo. Sobre todo no le gustaban sus respuestas lacónicas, ni el hecho de que evitara mirarle a los ojos.

—Encárgate de él, Angelo. Dormirá en tu casa. No le dejes salir antes de que Phil me haya dado detalles.

Pasó un dedo prudente por su lunar, en el que se había secado una gotita de sangre, y entró en la oficina de al lado.

—¿No hay nada en el correo?

—Nada interesante.

—¿No ha llamado nadie desde Miami?

—¿Espera alguna llamada?

—No lo sé.

Sonó el teléfono, pero era un productor de naranjas y limones. Volvió a meterse en su oficina y allí no hizo nada más que esperar. El día anterior no se había acordado de preguntar a Boston Phil en qué hotel de Miami estaba. No siempre iba al mismo. Aunque tal vez había sido mejor no haber hecho la pregunta. A Phil no le gustaba la gente curiosa.

Firmó la correspondencia que le presentó miss Van Ness, y olió su perfume, que no le gustaba. Era sensible a los perfumes. Los usaba muy discretamente. En el fondo no le gustaba el olor de su propio cuerpo. Casi le molestaba, por eso empleaba cremas desodorantes...

—Si me llaman de Miami...

—¿Sale usted?

—Voy a ver a McGee, en el Club Flamingo.

—¿Digo que le llamen allí?

—Allí estaré dentro de diez minutos.

Phil no le había anunciado una llamada telefónica. Sólo le había dicho que Sid Kubik probablemente llegaría aquella mañana a Miami. Como máximo había dado a entender que Kubik tal vez quisiera verle.

¿Por qué daba por seguro que iban a telefonearle?

Pasó de la sombra de la tienda a la cálida luz del exterior. Acompañado por Angelo, el pelirrojo salía de un cuchitril, y parecía más alto y más ancho dentro de una bata blanca de dependiente.

—Voy a ver a McGee —anunció Rico.

Se dirigió a su coche, dio marcha atrás y una vez en la carretera giró a la izquierda. Había un semáforo a menos de cien metros. Eddie se disponía a pasar cuando vio a un hombre que desde el bordillo le hacía una seña.

Estuvo a punto de no reconocer al peatón, a quien al principio tomó por alguien que estaba haciendo autoestop. Cuando le miró más atentamente, frunció el ceño y frenó.

Era su hermano Gino, al que se suponía en California.

—¡Sube!

Volvió la cabeza para asegurarse de que nadie les estaba mirando desde la fachada de la tienda.

2

Durante unos segundos pareció que Eddie había recogido a un desconocido al borde de la carretera. No miró a su hermano cuando éste subió al coche, ni tampoco le preguntó nada. En cuanto a Gino, con un cigarrillo sin encender entre sus delgados labios, se instaló tan aprisa que la portezuela ya estaba cerrada antes de que el semáforo se pusiera rojo.

Eddie conducía mirando fijamente ante sí. Pasaron junto a gasolineras, un lugar donde vendían coches de ocasión, un motel con bungalós amarillo limón agrupados en torno a una piscina.

Hacía dos años que los hermanos no se habían visto. La última vez fue en Nueva York. Gino sólo había ido una vez a Santa Clara, cinco o seis años atrás, cuando Eddie aún no se había hecho construir Sea Breeze; o sea que no conocía a la menor de sus hijas.

De vez en cuando adelantaban a un camión. Llevaban ya recorridos casi dos kilómetros fuera de la ciudad cuando Eddie por fin preguntó, casi sin abrir la boca, y sin dejar de mirar la carretera:

—¿Saben que estás aquí?

—No.

—¿Creen que estás en Los Ángeles?

—En San Diego.

Gino era delgado. No era guapo. Era el único de la familia que tenía una nariz larga y un poco torcida, ojos hundidos pero brillantes, la piel de color gris. Sus manos eran curiosas, todo huesos y nervios, con dedos extraordinariamente largos y finos, cuya piel dibujaba el esqueleto. Y aquellos dedos siempre estaban jugando con algo, miga de pan, una bolita de papel o una canica de goma.

—¿Has venido en tren?

Gino no preguntaba a su hermano mayor adónde le conducía. Habían dejado la ciudad a su espalda. Eddie tomó a la izquierda una carretera casi desierta, orillada de pinares y de campos de estoques.

—No. Y tampoco en avión. He venido en autocar.

Eddie frunció el ceño. Comprendía. Era más anónimo. Había venido en uno de esos inmensos autocares azul y plata, con un lebrel pintado en la carrocería, que recorrían los Estados Unidos como antaño lo hacían las diligencias, deteniéndose de ciudad en ciudad en estaciones que son como las paradas de las antiguas diligencias; siempre con una abigarrada multitud en la que la mayoría son negros, sobre todo en el Sur, con viajeros cargados de maletas y de paquetes, madres rodeadas de niños, gente que va muy lejos, otros que bajan en la etapa siguiente, bocadillos que se llevan y que se comen durante la espera, con una taza de café ardiendo junto al mostrador, de pie, dormidos, inquietos, charlatanes que desgranan confidencias.

—Ya les dije que iría en autocar.

De nuevo silencio, cuatro o cinco kilómetros de silencio. Unos presos, desnudos de cintura para arriba, al menos una treintena, casi todos jóvenes, llevando en la cabeza un sombrero de paja, segaban los bordes de la carretera, y dos guardianes, con la carabina en la mano, los vigilaban.

Ni siquiera les miraron.

—¿Alice está bien?

—Sí.

—¿Y los niños?

—Lilian todavía no habla.

Se querían. A los hermanos Rico siempre se les había visto muy unidos. No sólo eran de la misma sangre, sino que también habían ido a la misma escuela, y de chicos, en las calles habían pertenecido a las mismas pandillas y participado en las mismas batallas. En aquella época Gino sentía por su hermano verdadera admiración. ¿Seguía admirándole? Era posible. Con él nunca se sabía. Había en él un aspecto sombrío, apasionado, que no descubría a nadie.

Eddie nunca le había comprendido, ante él siempre se había sentido incómodo. Además le chocaban algunos detalles nimios. Por ejemplo, Gino seguía vistiéndose de la forma ostentosa de los maleantes a los que imitaban cuando eran adolescentes. Había conservado aquellos gestos, la manera de moverse, la mirada fija y huidiza a la vez, y hasta aquel cigarrillo pegado al labio, la manía de jugar perpetuamente con un objeto en su larga y pálida mano.

—¿Has recibido carta de mamá?

—Esta mañana.

—Ya suponía que iba a escribirte.

Volvían a estar junto al agua, un *lagoon* más ancho que en Siesta Beach, con un larguísimo puente de madera en el que había pescadores y que conducía a una isla. Los maderos del puente temblaron bajo las ruedas. En la isla cruzaron un pueblo, siguieron una carretera asfaltada. No tardaron en encontrarse en medio de la vegetación, el pantano, una maraña de palmeras y de pinos, y por fin dunas. Había pasado media hora desde que se encontraron, y no se habían dicho casi nada; Eddie llevó el coche hasta una pista entre las dunas, y fue a detenerse en el último extremo de la isla, en una playa deslumbrante donde la resaca era violenta y sólo se veían gaviotas y pelícanos.

No abrió la portezuela, después de parar el motor siguió sentado en su sitio y encendió un cigarrillo. Bajo los pies la arena debía de arder. Unas hileras de conchas señalaban el límite que el mar había alcanzado en mareas precedentes. Una ola muy alta, demasiado blanca, demasiado luminosa para fijar en ella los ojos, se elevaba a intervalos regulares y volvía a caer con un movimiento lento formando una nube de polvo brillante.

—¿Tony? —preguntó por fin Eddie volviéndose hacia su hermano.

—¿Qué te decía mamá en la carta?

—Que se ha casado. ¿Es verdad?

—Sí.

—¿Sabes dónde está?

—No exactamente. Le buscan. Han encontrado a los padres de su mujer.

—¿Son italianos?

—De origen lituano. El padre tiene una pequeña granja en Pensilvania. Parece que tampoco sabe dónde está su hija.

—¿Está enterado de lo de la boda?

—Tony fue a anunciárselo. Según me han dicho, la chica trabajaba en una oficina de Nueva York, pero Tony la conoció en Atlantic City, donde ella pasaba las vacaciones. Seguramente volvieron a verse en Nueva York. Hará más o menos unos dos meses fueron a ver al viejo para anunciarle que acababan de casarse. Se quedaron en casa unos diez días.

Eddie tendió el paquete de cigarrillos, y su hermano cogió uno que no encendió.

—Yo sé por qué le buscan —dijo lentamente Gino, casi sin mover los labios.

—¿Por el asunto Carmine?

—No.

A Eddie le repugnaba hablar de aquellas cuestiones. Ahora aquello quedaba lejos de él, casi pertenecía a otro mundo. En el fondo hubiera preferido no saber nada. Siempre era peligroso saber demasiado. ¿Por qué sus hermanos no se habían alejado de todo aquello como lo hizo él? Hasta aquel mote de *Bug* (el insecto), con el que aún conocían a Gino, le resultaba desagradable como una inconveniencia.

—Fui yo quien liquidó a Carmine —anunció tranquilamente éste.

Eddie no parpadeó. Gino siempre había matado por gusto. También aquello impedía que su hermano mayor, a quien le horrorizaba la brutalidad, se sintiese cómodo con él.

No le juzgaba, aquello no le parecía mal en sí mismo. Era más bien un malestar físico, como cuando Gino empleaba ciertos términos barriobajeros que él había dejado de usar desde hacía mucho tiempo.

—¿Era Tony el que conducía el coche?

Conocía la rutina. Cuando aún era un niño, en Brooklyn, había visto aquella técnica perfeccionarse poco a poco, y ahora el sistema era casi invariable.

Cada cual tenía su papel, su especialidad, y no era frecuente que hiciera otra cosa. Estaba en primer lugar el que proporcionaba el coche en el momento oportuno, un coche rápido, no demasiado vistoso, con el depósito lleno, a ser posible llevando matrícula de otro Estado, ya que eso retrasaba las investigaciones. Aquel trabajo él lo había hecho dos veces, cuando apenas tenía diecisiete años. Tony también empezó igual, pero más joven aún. Llevaba el coche a un lugar determinado, y le daban diez o veinte dólares.

A Tony le apasionaban tanto la mecánica y la velocidad que hacía eso por juego, birlaba un coche que le gustase estacionado junto a una acera, sólo por el placer de correr durante unas horas por la carretera, donde terminaba por abandonarlo. Una vez se estrelló contra un árbol, su acompañante resultó muerto y él no recibió ni un rasguño.

A los diecinueve años le confiaban un trabajo más serio. Él era el conductor del coche que llevaba al asesino y a su ayudante, y el que luego, perseguido o no por la policía, tenía que llevarles a un lugar en el que otro vehículo del que nadie sospechaba les esperaba a todos.

—En lo de Carmine quien conducía era Fatty.

Gino hablaba de eso con una especie de nostalgia. Desde luego, Eddie conocía a Fatty, un tipo muy robusto, hijo de un zapatero, más joven que él, al que de vez en cuando encargaba algún recado.

—¿Quién era el jefe?

—Vince Vettori.

Hubiese sido mejor no hacer la pregunta, sobre todo tratándose de Vettori, porque aquello significaba que el asunto era importante y que se trataba de un ajuste de cuentas entre peces gordos.

Carmine, Vettori, eran, lo mismo que Boston Phil, hombres que trabajaban en un plano muy superior al suyo. Daban órdenes, y no les gustaba que nadie se metiese en sus cosas.

—Todo funcionó tal como estaba previsto. Sabíamos que Carmine saldría a las once de El Charro, porque tenía una cita en otro lugar un poco más tarde. Estacionamos a unos cincuenta metros de distancia. Cuando ya estaba en el guardarropa nos hicieron la señal. Fatty arrancó muy despacio, y llegamos delante del restaurante en el mismo momento en que Carmine abría la puerta. Yo sólo tuve que llenarle de plomo.

La expresión chocó a Eddie. No miraba a su hermano, sino que observaba a un pelícano que se cernía sobre aquel bucle blanco, a veces dejándose caer para coger un pez. Las gaviotas, envidiosas, giraban en torno a él lanzando chillidos cada vez que conseguía una presa.

—Pero dejamos un cabo suelto. Me enteré luego por los chismes que corrieron.

Siempre pasaba lo mismo. Era difícil saber con exactitud lo que sucedía. Los peces gordos procuraban no soltar prenda. Se oían vagos rumores. Se sacaban conclusiones.

—¿Te acuerdas del tío Rosenberg?

—¿El que vendía tabaco?

Eddie recordaba muy bien aquella tienda de periódicos y de tabaco, que estaba justo enfrente de El Charro. En los tiempos en que Eddie hacía de intermediario de un corredor de apuestas, a veces se instalaba delante de la tienda de Rosenberg. Éste lo sabía, le enviaba clientes a cambio de una pequeña comisión. En aquella época ya era viejo. O al menos lo parecía.

—¿Qué edad tiene?

—Sesenta y tantos. Parece que no le perdían de vista desde hacía cierto tiempo. Dicen que daba soplos a la policía. El caso es que O'Malley, el sargento, fue a verle dos veces. Luego, la tercera vez se lo llevó para que hablara con el fiscal del distrito. No sé si Rosenberg llegó a hablar. Tal vez sólo quisieron que no se corriera ningún riesgo. Estaba cerrando su tienda cuando liquidamos a Carmine. Decidieron que había que suprimirle.

La rutina de costumbre. Veinte veces, cuando vivía en Brooklyn, Eddie había oído la misma historia. ¿Cuántas veces, después, la había leído en los periódicos?

—No sé por qué, pero no quisieron que yo interviniera, y eligieron a un novato, un pelirrojo alto llamado Joe.

—¿Era Tony quien conducía?

—Sí. Ya debiste de leer lo que pasó. Es probable que Rosenberg efectivamente hablara, porque le pusieron un guardaespaldas, un tipo de paisano que no es del barrio. Rosenberg solía abrir su tienda a las ocho de la mañana. A causa de la estación de metro que está al lado, hay bastante tránsito en aquel lugar. El coche se acercó. El viejo estaba ordenando su escaparate cuando recibió tres tiros en la espalda. No sé si Joe se fijó en el tipo que estaba al lado y si olfateó que era un policía. Seguramente lo único que pasó fue que quiso rematar el asunto. También lo liquidó, y antes de que la gente supiera lo que estaba sucediendo el coche había desaparecido.

De todo eso Eddie no tenía más que una vaga idea, pero la escena le era suficientemente familiar como para que la viese con la misma claridad que si estuviese en el cine. También había asistido a una escena del mismo tipo, o casi, cuando sólo tenía cuatro años y medio. De los tres hermanos Rico él fue el único testigo. Gino, que en aquella época aún no tenía dos años, estaba en el cuarto de su abuela, arrastrándose por el suelo. En cuanto a Tony, aún no había nacido. Su madre aún le llevaba en el vientre, y habían puesto una silla para ella detrás de uno de los mostradores de la tienda.

No la tienda que tenía ahora. El padre vivía. Eddie le recordaba perfectamente, con sus cabellos tiesos y oscuros, la cabeza grande, siempre con un aire tranquilo.

A Eddie también le parecía viejo, aunque en realidad solamente tenía treinta y cinco años.

No había nacido en Estados Unidos, sino en Sicilia, cerca de Taormina, donde cuando era adolescente trabajaba en una cordelería. Llegó a Brooklyn a los diecinueve años, y tuvo que ejercer muchos oficios, oficios muy humildes probablemente, porque era un hombre apocado, tímido, de movimientos lentos y sonrisa un poco cándida. Se llamaba Cesare. En el barrio algunos le recordaban todavía vendiendo helados por las calles.

Hacia los treinta años se casó con Julia, que sólo tenía veinte, y cuyo padre acababa de morir.

Eddie siempre había sospechado que le eligieron porque necesitaban a un hombre para llevar la tienda. Era una tienda de barrio donde vendían verduras, fruta y un poco de ultramarinos. La madre de Julia ya era muy obesa. Eddie creía estar viendo a su padre abrir la trampilla que había detrás del mostrador de la izquierda para ir a buscar mantequilla o queso al sótano, o volviendo a salir con un saco de patatas sobre los hombros.

Una tarde, a primera hora, cuando estaba nevando, Eddie jugaba en la calle con un amiguito. Los dos estaban en la acera de enfrente. Aún había bastante luz, pero ya habían encendido las bombillas de la fachada. Se oyó un ruido por la parte de la esquina, hombres que corrían, voces agudas.

Cesare, con un delantal blanco, salió de la tienda y se quedó de pie entre los canastos. Uno de los que corrían tropezó con él, y en aquel preciso momento se oyeron dos disparos.

¿De verdad Eddie lo había visto todo? ¿Lo recordaba todo? Aquella historia se había contado tantas veces en la casa que seguro que otros testimonios habían tenido que añadirse a sus recuerdos.

En cualquier caso, aún creía estar viendo a su padre, que se llevó las dos manos a la cara, se tambaleó por un momento y luego se desplomó sobre la acera; hubiera jurado que era él quien recordaba que la mitad de la cara de su padre había desaparecido.

—¡La parte izquierda sólo era un enorme agujero!
—había repetido a menudo.

El que disparó debía de encontrarse aún bastante
lejos, porque el hombre perseguido tuvo tiempo de meterse corriendo en la tienda.

—Era joven, ¿verdad, mamá?

—Diecinueve o veinte años. Tú no puedes acordarte.

—¡Claro que me acuerdo! Iba todo vestido de negro.

—Te lo pareció porque había muy poca luz.

Un policía de uniforme, y luego otro, llegaron a la
tienda, en la que entraron sin inclinarse siquiera sobre el
cadáver de Cesare Rico. Encontraron a Julia sentada en
su silla, detrás del mostrador de la izquierda, con las manos cruzadas sobre la prominente barriga.

—¿Dónde está?

—Se ha ido por ahí...

Les señaló la puerta del fondo, que daba a un pasa-
dizo. Vivían en una manzana muy vieja, y en la parte
trasera había un laberinto de patios donde dejaban los
carros. Uno de los comerciantes vecinos hasta tenía una
cuadra con un caballo.

¿Quién telefoneó para pedir la ambulancia? Nunca lo
supo nadie. Pero llegó una ambulancia. Eddie vio cómo
entraba en la calle y se paraba en seco; dos hombres con
bata blanca saltaron a la acera, mientras su madre aparecía
en la puerta de la tienda y se precipitaba hacia su marido.

Otros policías ayudaron a registrar el barrio. Diez
veces cruzaron la tienda. Los patios de atrás tenían al
menos dos o tres salidas.

Tuvieron que pasar años para que Eddie se enterase
de la verdad. El hombre al que perseguían no se había

metido por los patios. Cuando entró en la tienda la trampa del sótano estaba abierta. Julia, que le reconoció, le dijo por señas que se metiera allí, cerró la trampa y puso su silla encima. ¡Ninguno de los policías cayó en aquello!

—Yo no podía correr hacia vuestro pobre padre... —se limitaba a decir por toda explicación.

A todos les pareció natural. En el barrio a todo el mundo le pareció natural.

El joven era un polaco que tenía un nombre extrañísimo, y que en aquella época apenas hablaba inglés. Durante mucho tiempo, años enteros, desapareció de la circulación.

Cuando volvieron a verlo era un hombre de una corpulencia impresionante que se llamaba Sid Kubik, y que ya casi era uno de los grandes jefes. Era el que centralizaba las apuestas de las carreras, no sólo en Brooklyn, sino también en la parte baja de Manhattan y en el Greenwich Village, y Eddie empezó a trabajar para él.

Finalmente, como el padre había muerto y a una mujer le es difícil acarrear cajas de fruta y canastos de verduras, Julia compró al lado la tiendecita de caramelos y soda.

Kubik fue a saludarla varias veces al pasar por el barrio. La llamaba mamá Julia, con su raro acento.

En el coche los dos hombres permanecían callados. Eddie vio muy lejos en la playa una mancha roja, la silueta de una mujer con un bañador escarlata que andaba lentamente y se agachaba a intervalos desiguales. Sin duda estaba cogiendo conchas. Tardaría mucho en llegar cerca de ellos.

Había un detalle que le inquietaba. El asunto Carmine era de seis meses atrás. Cuatro días después de lo que pasó delante de El Charro eliminaron al único testigo. En aquellas condiciones ningún fiscal del distrito estaba lo suficientemente loco como para emprenderla con la organización.

Antes de iniciar el proceso tienen que disponer de bases sólidas, testimonios con los que se pueda contar. Prueba de ello es que habían pasado semanas e incluso meses sin que se oyese hablar del asunto. El jurado de acusación se ocupaba de él desganadamente, porque hay que tranquilizar a la población.

Eddie sabía que su hermano pensaba lo mismo que él.

—¿Es que alguien ha hablado? —terminó por murmurar desviando la cabeza.

—No he podido enterarme de nada concreto. Corren toda clase de rumores. Sobre todo desde hace dos semanas se murmura mucho; en los bares se ven caras nuevas: O'Malley exhibe siempre una sonrisa satisfecha, como si preparase una sorpresa. Ya no sé cuánta gente me ha preguntado con aire inocente si yo sabía algo de Tony.

»También he tenido la impresión de que otros preferían que no se les viera en mi compañía. Algunos me han dicho: «¿O sea que Tony se ha retirado? ¿Es verdad que se ha casado con una chica bien?».

»Y ahora me han dado la orden de ir a San Diego y de no moverme de allí.

—¿Por qué has venido a verme?

Gino miró a su hermano de una manera extraña, como si desconfiase de él tanto como de los demás.

—Es por Tony.

—Explícate.

—Si le encuentran lo van a liquidar.

Sin verdadera convicción, Eddie murmuró:

—¿Tú crees?

—Querrán correr tan pocos riesgos como con Rosenberg. Además, por regla general no les gusta que alguien deje la organización.

Eddie también lo sabía, claro, pero detestaba pensar en aquello de forma tan cruda.

—Tony estaba en el último asunto, el mismo del que ahora se ocupa el fiscal del distrito. Suponen que si la policía lo interroga como es debido es posible que hable.

—¿Tú también lo crees?

Gino se asomó a la portezuela, escupió en la arena caliente y después de un silencio dejó caer:

—Es posible.

Luego, siempre con los labios casi inmóviles, añadió:

—Está enamorado —y, tras una pausa—: Corre el rumor de que su mujer está embarazada.

Esta última palabra parecía repugnarle.

—¿De verdad no sabes dónde está?

—Si lo supiera iría a verlo.

Eddie no se atrevió a preguntarle por qué. Aunque fueran hermanos, había entre ellos, por encima de ellos, aquella organización de la que sólo hablaban por alusiones.

—¿Dónde puede estar a salvo?

—En Canadá, en México, en Sudamérica... En cualquier sitio. Esperando a que se calmen las aguas.

Gino siguió hablando en otro tono, como si hablase para sí:

—Se me ha ocurrido que tú tienes más libertad de movimientos que yo. Conoces a mucha gente. No tienes nada que ver con el asunto. ¿Crees que podrías saber dónde se oculta y proporcionarle los medios de desaparecer?

—¿Tiene dinero?

—Ya sabes que nunca lo ha tenido.

La mujer de rojo ya sólo estaba a trescientos metros, y de pronto Eddie giró la llave de contacto y pisó el acelerador. El coche hizo marcha atrás en la arena, y dio media vuelta entre las dunas.

—¿Dónde has dejado el equipaje?

—Sólo traigo una maleta. La he dejado en la consigna de la estación de autocares.

En toda su vida Gino sólo había tenido una maleta. Desde que se fue de la casa de su madre, a los dieciocho años, nunca tuvo verdadero domicilio. Vivía en cuartos alquilados, un mes aquí, quince días allá, y sólo en los bares se le podía encontrar o dirigir el correo, aunque no bebía ni licores ni cerveza.

Circulaban en silencio. Gino seguía sin haber encendido su cigarrillo. Eddie se preguntó si alguna vez le había visto fumar de veras.

—Es mejor que no pasemos por la carretera principal —murmuró el hermano mayor, no sin cierta inquietud. Y añadió—: Joe está aquí.

Los dos comprendían. Desde luego era natural que hubiesen alejado a Joe, como habían alejado a Gino. No era la primera vez que enviaban de este modo a alguien a

Eddie, por unos días o por unas cuantas semanas. Pero ¿sólo estaba allí para que se olvidaran de él? Había cincuenta sitios donde podían mandarle, y habían elegido que se instalara en casa de uno de los hermanos Rico.

—Ese tipo no me gusta —murmuró Eddie.

Su hermano se encogió de hombros. Seguían un camino paralelo a la carretera principal, y súbitamente, cuando llegaban a un lugar bastante desierto, Gino dijo:

—Es mejor que me dejes aquí.

—¿Qué vas a hacer?

—Autoestop.

Eddie prefería aquello, pero no quería demostrarlo.

—Supongo que no te ocuparás de Tony, ¿verdad?

—Claro que sí. Haré todo lo que pueda.

Gino no se lo creyó. Abrió la portezuela, no le tendió la mano, se limitó a agitarla por un momento mientras decía:

—Bye-bye!

Sintiéndose incómodo, Eddie acabó por poner en marcha nuevamente el coche, y sin volver la cabeza vio cómo la silueta de su hermano se iba empequeñeciendo en el espejo retrovisor.

Había anunciado a miss Van Ness que iba al Club Flamingo. Si Boston Phil telefoneaba desde Miami, ella se lo habría dicho, y sin duda Phil habría llamado al Flamingo. Aquello no le gustaba. Desde luego que no tenía que rendir cuentas de lo que hacía. Podía haberse retrasado por algún motivo, o haberse encontrado con cualquiera. Podía haber tenido una avería. Pero el momento no era el más adecuado.

Aceleró, volvió a salir de la carretera principal, y poco antes de las doce se detuvo delante del Flamingo, cuyo letrero anunciaba: COCKTAILS-GRILL-DANCING.

Delante de la puerta ya había estacionados tres o cuatro coches. Dejó el suyo entre sol y sombra, a falta de un lugar mejor, empujó la puerta y entró en el bar, donde, gracias al aire acondicionado, se estaba fresco, casi hacía frío.

—Hola, Teddy.

—Buenos días, señor Rico.

—¿Está Pat?

—El jefe está en su despacho.

Había que atravesar la sala, con las paredes decoradas de flamencos rosa, donde un *maître d'hôtel* servía dos mesas. Luego había una especie de salón con sillones de terciopelo rojo, y al fondo una puerta con un letrero: PRIVADO.

Pat McGee abrió enseguida la puerta y le tendió una musculosa mano.

—¿Todo bien?

—Todo bien.

—Precisamente acaban de telefonear preguntando por ti.

—¿Phil?

—Eso es. Desde Miami. Aquí tienes su número. Me ha dicho que le llames.

—¿No ha dicho nada más?

¿Por qué miraba a McGee con aire de recelo? Se equivocaba. Boston Phil no era hombre como para hacer confidencias a un McGee.

Éste descolgó el aparato. Dos minutos después se lo tendió a Eddie anunciando:

—Está en el Excelsior. Me parece que no está solo.

Se oyó la desagradable voz de Phil al otro lado de la línea:

—¡Oiga! ¿Eddie?

Éste conocía las suntuosas *suites* del Excelsior en Miami Beach. En la de Phil siempre tenía que haber un salón en el que le gustaba recibir visitas, y donde él mismo preparaba los cócteles. Conocía a una cantidad asombrosa de periodistas y de gente de todos los ambientes, actores, deportistas profesionales, hasta peces gordos del petróleo de Texas.

—He tenido que parar en un garaje porque el coche...

El otro, sin dejarle terminar, le cortó:

—Ha llegado Sid.

No tenía nada que responder. Eddie esperaba. En la habitación del hotel había otras personas, porque podía oír un murmullo de voces, entre ellas una voz aguda de mujer.

—Había un avión a las doce. Ahora es demasiado tarde. Cogerás el de las dos y media.

—¿Tengo que ir?

—Me parece que es lo que te estoy diciendo.

—Es que no estaba seguro. Perdona.

Había adoptado el tono de un contable ante su director o ante un inspector que había ido a revisar sus cuentas, y la presencia de McGee le incomodaba. No quería mostrarse humilde en su presencia.

Porque, al fin y al cabo, en su sector él era el jefe. Era él quien después daría órdenes a McGee.

—¿Ha llegado el joven?

—Le he puesto a trabajar en la tienda.

—Hasta luego.

Phil colgó.

—Siempre será el mismo —observó McGee—. Cree que está solo en el mundo.

—Sí.

—¿Quieres ver las cuentas de la semana?

—Hoy no tengo tiempo. Me voy a Miami.

—Es lo que me parecía haber entendido. Dicen que allí está Sid.

Era extraordinario cómo todo se sabía. Y sin embargo McGee no era nadie, sólo el propietario de un bar junto a la carretera, donde había unas máquinas tragaperras, y de vez en cuando una partida de dados y apuestas.

Dos veces por semana Rico pasaba por allí y recogía su parte. En cuanto a las apuestas, era miss Van Ness quien se encargaba de transmitirlas directamente a Miami por teléfono.

Claro que todo lo que recogía así no era para él. Lo más sustancial se enviaba al escalón superior, pero aún le quedaba lo suficiente como para vivir con desahogo, como siempre había soñado vivir.

Él no era uno de los grandes jefes. No se hablaba de él en los periódicos, raramente en los bares de Nueva York, de Nueva Jersey o de Chicago. Pero en su feudo no dejaba de ser el que mandaba, y no había ni un club nocturno que no le pagase su contribución sin rechistar.

No trataban de engañarle. Conocía demasiado bien los números. Nunca se enfadaba, nunca profería amenazas. Por el contrario, hablaba calmosamente, pronunciaba las menos palabras posibles, y todo el mundo comprendía.

En el fondo trataba un poco a los demás como Boston Phil le trataba a él. Tal vez algunos, a espaldas suyas, decían que le imitaba.

—¿Un martini?

—No. Tengo que pasar por mi casa para cambiarme.

Cuando hacía calor a veces se cambiaba de traje y de ropa interior dos veces al día. ¿No era lo que había visto que Phil también hacía?

Sin darse cuenta se rascó la mejilla, y el lunar sangró de nuevo. Apenas una gota. Pero se quedó mirando el pañuelo con aire de preocupación.

—¿Es verdad que el Samoa ha vuelto a la ruleta?

—Sólo de vez en cuando, cuando los clientes lo piden.

—¿Se ha puesto de acuerdo con Garret?

—A condición de que no haya reclamaciones.

—Me gustaría tanto...

—¡No! Aquí no. Se vería demasiado, estamos muy cerca de la ciudad. Sería peligroso.

El sheriff Garret era amigo suyo. Cenaban juntos de vez en cuando. Garret tenía buenas razones para no negarle nada. Pero no por eso dejaba de ser un trabajo delicado. Los propietarios como McGee no siempre se daban cuenta, y tendían a exagerar.

—Volveré dentro de dos o tres días.

—Saludos a Phil. Hace más de cinco años que no se le ha visto aquí.

Eddie volvió a su coche preguntándose si Pat había notado su preocupación. Pasó por la tienda y anunció que se iba para uno o dos días. ¿Qué es lo que miss Van Ness sabía exactamente? Él no la eligió. Se la enviaron desde arriba. Joe, con bata blanca, servía a un cliente, y eso parecía divertirle. Guiñó un ojo a Rico, y a éste le pareció que se tomaba demasiadas confianzas.

—Vigílale —recomendó al viejo Angelo, en quien confiaba plenamente.

—Cuente conmigo, jefe.

Las mayores no volvían de la escuela para el almuerzo. Alice, que le estaba esperando, comprendió que había novedades.

—¿Subes a cambiarte?

—Sí. Ven a hacerme la maleta.

—¿Te vas a Miami?

—Sí.

—¿Estarás fuera varios días?

—No lo sé.

No sabía si decirle que había visto a su hermano Gino. Estaba seguro de que ella no iba a traicionarle. Tampoco era mujer como para ir contando chismes a unos y a otros.

Si él casi nunca le hablaba de sus asuntos era más bien por pudor. Naturalmente, ella sabía poco más o menos en qué se ocupaba. Pero él prefería evitar los detalles. Su casa, su familia, tenían que quedar al margen de todo.

Quería a Alice. Y sobre todo apreciaba que ella le quisiese sin restricciones.

—¿Me telefonearás?

—Esta noche.

Telefoneaba todos los días cuando estaba de viaje, en ocasiones dos veces al día. Preguntaba por las niñas, por todo. Necesitaba sentir que la casa seguía estando allí, con todo lo que eso significaba.

51

—¿Te llevas el esmoquin blanco?

—Es lo más prudente. Nunca se sabe.

—¿Tres trajes?

Ella conocía sus costumbres.

—Te has hecho sangre en la mejilla.

—Ya lo sé.

Antes de irse volvió a ponerse un poco de alumbre, fue a dar un beso a Babe, que ya dormía la siesta, y se preguntó si algún día llegaría a hablar.

¿Qué pensarían, qué dirían de él más tarde, las dos mayores? ¿Qué recuerdo iban a guardar de su padre? A menudo eso le inquietaba.

Abrazó a su mujer, y todo su cuerpo era suave, olía bien, los labios eran dulces.

—No estés fuera mucho tiempo.

Había pedido un taxi para dejar el coche a Alice. El taxista le conocía y le llamó jefe.

3

Algunos pasajeros que venían de Tampa y aun de más al norte se habían quitado la corbata y la chaqueta. Eddie casi nunca se ponía cómodo en público. Se mantenía tan tieso como en un autocar, mirando vagamente ante sí, a veces echando una ojeada sin curiosidad a la jungla verde y rojiza que sobrevolaban. A la azafata, que le preguntó sonriendo si prefería té o café, se limitó a responderle con un movimiento de cabeza. No se creía obligado a ser amable con las mujeres. Tampoco era grosero. Desconfiaba.

Durante toda su vida había desconfiado de muchas cosas, y no le había ido del todo mal. De vez en cuando, por la ventanilla divisaba la carretera reluciente paralela a la línea casi recta de un canal por el que no pasaba ningún barco. Era un canal de riego, estancado, negro, como viscoso, por cuyo lodo reptaban los caimanes y otros animales que sólo podían adivinarse por las gruesas burbujas que subían sin cesar a la superficie.

En un tramo de carretera de más de trescientos kilómetros no había ni una casa, ni una gasolinera. Tampoco ninguna sombra. Y a veces transcurría una hora sin que pasase un coche.

Siempre se ponía nervioso cuando recorría aquella carretera en coche, sobre todo yendo solo. Hasta el aire, como espesado por el sol, daba la impresión de un hormigueo hostil. En un extremo estaba Miami, sus avenidas de palmeras y sus grandes hoteles que se alzaban al cielo blanquísimos; en el otro, las pequeñas poblaciones tan limpias y tan tranquilas del golfo de México.

Entre los dos había literalmente un *no man's land*, una tierra de nadie, una jungla ardiente abandonada a bestias innombrables.

¿Qué sería de él si de pronto se sintiese enfermo al volante?

En el avión, que tenía aire acondicionado, el trayecto apenas duraba el tiempo que necesitaba un autobús, cuando era niño, para ir desde Brooklyn al centro de Manhattan.

Sin embargo, sentía cierto nerviosismo al dejar atrás su feudo, como lo sentía tiempo atrás, cuando salía de su barrio.

En Miami ya no era el jefe. En la calle, en los bares nadie le conocía. Las personas a las que iba a ver vivían en una situación diferente a la suya. Eran más poderosos que él. Dependía de ellos.

En varias ocasiones había tenido que hacer aquel viaje por lo mismo. Casi todos los peces gordos pasaban todos los años algunas semanas en Miami o en Palm Beach. No se dignaban ir a la costa oeste, y cuando querían hablar con él le llamaban.

Siempre se preparaba para aquellas entrevistas, como lo hacía ahora, no preguntándose lo que les iba a decir, sino dándose confianza a sí mismo. Todo dependía de eso. Necesitaba creer que él tenía razón.

Y había tenido razón toda su vida. Incluso cuando algunos de sus compañeros de Brooklyn se burlaban de él y le llamaban el Contable.

¿Cuántos de ellos vivían aún para admitir que él había elegido el buen camino?

Claro que, de estar presentes, probablemente no le reconocerían. Ni siquiera Gino lo reconocía. Eddie siempre había tenido la impresión de que su hermano no le miraba con envidia, sino con cierto desdén.

Pero era Gino, eran los otros los que se equivocaban.

Cuando lograba convencerse del todo de eso se sentía fuerte, y podía pensar fríamente en la entrevista que iba a tener al cabo de muy poco con Phil y Sid Kubik.

A pesar de los humos que tenía Boston Phil, no era su opinión lo que contaba, sino lo que decía Kubik. Y éste le conocía.

Eddie siempre había seguido una línea recta.

En la época en la que decidió cuál iba a ser su vida, se abrían ante él muchos otros caminos. La organización no era lo que era hoy. Por así decirlo, no existía. Aún se hablaba de los grandes barones, los que se habían impuesto durante la prohibición. A veces éstos se ponían de acuerdo entre sí para alguna empresa, repartirse una región, reunir sus tropas, pero todo eso terminaba casi siempre con hecatombes.

Y aparte de ellos había cientos de reyezuelos. Algunos sólo dominaban un barrio, o simplemente dos o tres calles. Y los había que no se ocupaban más que de un único garito.

Eso es lo que sucedía en Brooklyn y en la parte baja de Manhattan. A los veinte años, gente con la que Eddie había ido al colegio se creían jefes, y, ayudados por dos o tres compañeros, intentaban ser los amos de un territorio. No sólo tenían que eliminar a los que les estorbaban, sino que también estaban obligados a matar para mantener su reputación.

Ciertamente, tenían reputación, y toda una calle les miraba con admiración y envidia cuando, vestidos con lujo, bajaban de un coche descapotable para entrar en un bar o en unos billares.

¿Fue eso lo que deslumbró a Gino? Francamente, Eddie no lo creía. Gino era un caso aparte. Nunca había presumido, nunca había querido aparentar, no le preocupaba que las mujeres le admirasen. Se había hecho un asesino, pero por vocación, a sangre fría, como si tuviese que ejecutar una venganza, o, mejor dicho, como si apretar el gatillo de su automática ante un blanco viviente le proporcionara secretas voluptuosidades.

Algunos lo decían con expresiones muy crudas. Eddie prefería no ahondar en el asunto. Se trataba de su hermano. ¿Acaso Gino, en aquellos momentos, se encontraba de nuevo zarandeado en el rincón de un autocar, en dirección a Misisipí o a California?

Eddie nunca había intentado trabajar solo. Tampoco nunca había sido detenido. Era uno de los pocos supervivientes de aquella época que no estaba fichado, y sus huellas digitales no figuraban en los archivos de la policía.

Cuando recogía modestas apuestas en la calle, en la época en que aún no se afeitaba, era por cuenta de un corredor de apuestas local que no le daba comisión, pero que al final del día, si no lo había hecho del todo mal, le daba dos o tres dólares por su ayuda.

En la escuela fue un buen estudiante. El único de los tres hermanos Rico que había seguido estudiando hasta los quince años.

Un día se creó una importante agencia de apuestas en la trastienda de una peluquería, y allí fue donde hizo realmente sus primeras armas. Una pizarra en la que se apuntaban los nombres de los caballos y su cotización ocupaba un lienzo de pared. Había unos diez aparatos telefónicos, por lo menos otros tantos empleados, y bancos para los jugadores que esperaban los resultados. El dueño se llamaba Falera, pero todo el mundo sabía que no trabajaba por su cuenta, y que tras él había alguien más importante.

¿Era todavía el mismo de ahora?

Porque, por encima de Phil, de Sid Kubik e incluso de un hombre como Old Mossie, que poseía varios casinos y que había construido en Reno un club nocturno de varios millones, existía otro escalón del que Eddie no sabía casi nada.

De la misma forma que los encargados de Santa Clara y de los dos condados que dependían de Eddie ignoraban quién estaba tras él.

Se hablaba de «la organización». Algunos hacían suposiciones, trataban de saber, hablaban demasiado, otros se creían lo bastante fuertes como para no necesitar protección, querían ser sus propios dueños, y eso era raro que saliese bien. En realidad, Eddie no conocía ni un solo caso en que hubiera salido bien. Unos después de otros, los Nitti, los Caracciolo (que sin embargo apodaban Lucky, los de la suerte), los Dillon, los Landis y unas cuantas docenas más, un buen día habían dado un paseo en coche para terminar en un descampado, o bien, como Carmine, más recientemente, habían caído, acribillados a balazos, después de una buena cena.

Eddie siempre había seguido la regla. Sid Kubik lo sabía, y conocía a su madre. Los demás, que estaban por encima de él, también debían de saberlo.

Durante años enteros, fue él, Eddie Rico, al que se enviaba a todas partes donde se abría una nueva agencia. Se convirtió en un verdadero experto. Había trabajado en Chicago, en la Luisiana, y en el curso de varias semanas ayudó a poner en orden los asuntos de Saint Louis, Misuri.

Era tranquilo, formal. Nunca reclamó más que su parte.

Podía calcular, con un posible error de pocos dólares, el rendimiento de una máquina tragaperras instalada en un sitio determinado, la recaudación de una partida de ruleta o de *crap game*, y las loterías no tenían secretos para él. Decían: «¡Sabe contar!».

En los primeros tiempos de casado siguió con sus viajes. Sólo al nacer su primera hija pidió un puesto fijo. Otros lo hubieran exigido, porque se lo había ganado sobradamente. Él no. Pero hizo una propuesta muy concreta.

Desde hacía tiempo, su ambición era tener un territorio propio, y conocía al dedillo el mapa de los Estados Unidos. Todos los buenos puestos parecían haberse ya asignado. Miami y la costa este de Florida, con sus casinos, sus hoteles de gran lujo, la crema del mundo entero que acudía allí todos los inviernos, constituían uno de los bocados más grandes, tan grande que se lo repartían entre tres o cuatro, y a menudo Boston Phil tenía que ir a ponerles de acuerdo y a vigilarles.

En la costa oeste no había nadie. Nadie se interesaba por aquellos lugares. Las pequeñas poblaciones escalonadas a lo largo de la playa y del *lagoon*, a razón de una cada treinta o cuarenta kilómetros, eran frecuentadas por personas tranquilas, militares de alta graduación retirados, altos funcionarios, industriales, que venían un poco de todas partes para ponerse al abrigo de los fríos del invierno o retirarse definitivamente.

—¡De acuerdo, chico! —le dijo Sid Kubik, que se había convertido en un hombre con un gran corpachón, y una cabeza como tallada en piedra blanca.

¿Quién, pues, sino Eddie había convertido la costa del Golfo en lo que ahora era? Los jefes no lo ignoraban. Tenían las cifras de las ganancias de cada año.

Y en cerca de diez años no había habido ni un tiro, ni una campaña de prensa.

Fue Eddie quien tuvo la idea, como fachada, de comprar por casi nada el negocio de las frutas y verduras, que en aquella época no daba beneficios.

Ahora la West Coast Fruit Imporium tenía tres sucursales en tres localidades diferentes, y Eddie habría podido vivir de sus beneficios.

No se hizo construir una casa enseguida. Empezó por alquilar una vivienda en un barrio que estaba bien, pero no demasiado lujoso. No se precipitó a la oficina del sheriff ni fue a ver al jefe de la policía, como otros hubieran hecho.

Esperó a tener la reputación de un honrado comerciante, de un buen padre de familia, de un hombre respetable que iba a la iglesia todos los domingos y que contribuía generosamente a las obras benéficas.

Sólo entonces abordó al sheriff, después de haberse preparado como, en el avión, se preparaba para su entrevista de Miami. Lo que le dijo fue muy razonable:

—Hay en el condado ocho lugares en los que se juega, unos diez en los que se aceptan apuestas, y al menos trescientas máquinas tragaperras repartidas por todas partes, incluso en los salones de los dos Country Club.

Eso era exacto. Todo eso estaba en manos de una serie de chapuceros que trabajaban como francotiradores.

—Periódicamente las ligas se indignan, hablan del vicio, de la prostitución, etcétera. Usted detiene a unos cuantos tipos. Les condenan o no les condenan. O bien vuelven a empezar enseguida, o bien otros ocupan su sitio. Usted sabe que estas cosas no se pueden suprimir.

Si a Eddie le dejaban las manos libres y se limitara el número de esos locales, se establecería una vigilancia, se impondría una disciplina. Los jugadores ocasionales ya no volverían a quejarse de que les habían desplumado en una partida trucada. No volverían a verse a menores haciendo la calle o en los bares. En resumen, no habría más escándalos.

No fue necesario que hablara de una retribución. El sheriff comprendió sin más. En su jurisdicción no entraba la ciudad misma, pero unas semanas después el jefe de la policía llegaba a un acuerdo con Eddie.

Con los dueños de los locales se mostró más persuasivo todavía, pero también más frío. A éstos les conocía a fondo.

—Ahora estás ganando tantos dólares por semana, pero de esta cantidad tienes que restar gastos. Policías y políticos no dejan de pedirte dinero, lo cual no impide que a veces te cierren la barraca y te lleven a juicio.

»Con la organización empiezas por doblar tus beneficios, porque se acabaron los imprevistos y los problemas, y puedes trabajar casi abiertamente. Todo está solucionado de una vez para siempre. De forma que aún ganas pagándonos el cincuenta por ciento.

»Si me dices que no, conozco a unos chicos un poco violentos que vendrán a darse una vuelta por aquí y a tener una conversación contigo.

Eran los momentos que él prefería. Se sentía seguro de sí mismo. Apenas al comienzo, cuando aún no había entrado del todo en materia, le temblaba imperceptiblemente el labio inferior.

Nunca iba armado. La única automática que poseía estaba en el cajón de su mesilla de noche. En cuanto a la posibilidad de pegarse con alguien, sentía demasiado horror por los golpes y la sangre. En toda su vida sólo se había peleado una vez, a los dieciséis años, y al sangrar por la nariz tuvo náuseas.

—Piénsalo. No quiero meterte prisa. Volveré mañana.

Luego cambiaron al sheriff pero todo había ido igual de bien con el sheriff actual, Bill Garret, y con Craig, el jefe de la policía.

Los periodistas se enteraron, pero también sacaban tajada, no en dinero, en la mayoría de los casos, pero sí en cenas, en cócteles y en mujeres.

Eddie sabía lo que Gino pensaba de él. Pero no por eso estaba menos seguro de tener razón. Poseía una de las casas más bonitas de Siesta Beach. Tenía una esposa a la que podía presentar a cualquiera sin ningún temor de que le dejase en mal lugar. Sus dos hijas mayores frecuentaban la mejor escuela privada. Para la mayoría de los habitantes de Santa Clara y de los alrededores, era un comerciante próspero que siempre había hecho honor a su firma.

Tres meses antes intentó una experiencia que hubiera podido ser peligrosa. Presentó su candidatura para ingresar en el Siesta Beach Country Club, muy selecto, que estaba muy cerca de su casa. Eso le hizo ponerse nervioso durante ocho días, hasta el punto de que se comía las uñas. Cuando por fin recibió la llamada telefónica anunciándole que había sido elegido, se le humedecieron los ojos, y abrazó largamente a Alice sin poder pronunciar ni una palabra.

No le gustaba Phil, quien nunca había vivido en Brooklyn, y que había ido subiendo por medios distintos a los suyos. Por otra parte no sabía cuáles, no daba crédito a los rumores que corrían.

En cualquier caso, estaba Sid Kubik, que sabía lo que valía Eddie, y que hacía muchos años se salvó gracias a su familia.

Se levantó, cogió su maleta de la red, se puso en la fila, bajó la escalerilla y de pronto se sintió envuelto por un calor húmedo. Eligió un taxi. Le horrorizaban los taxis viejos con los asientos desfondados, y le gustaba que el taxista tuviera buen aspecto.

—Al Excelsior.

Miami no le deslumbraba. Era una ciudad grande, con un lujo agresivo. Había una suntuosidad real en las largas avenidas bordeadas de palmeras, donde tenían su sucursal los mejores comercios de la Quinta Avenida. Casi todas las amplias viviendas de color blanco o rosa cuyo jardín daba al *lagoon* tenían su yate anclado junto a una escollera privada, y las canoas a motor eran incontables, como los hidroaviones.

En Nueva York y en Brooklyn decían que uno de los grandes jefes vivía todo el año en una de esas inmensas mansiones, que su alcoba estaba blindada y que tenía media docena de guardaespaldas fijos.

Aquello no interesaba a Eddie. No le concernía. Su fuerza consistía en que no le preocupase.

Él estaba en su lugar, no envidiaba a nadie, no quería suplantar a nadie. Por eso no estaba asustado.

El Excelsior tenía veintisiete pisos, una enorme piscina a orillas del mar, tiendas de gran lujo en el vestíbulo, y los uniformes del personal debían de costar una fortuna.

—Mister Kubik, por favor.

Cortés. Seguro de sí mismo. Esperaba. Mientras el empleado estaba telefoneando.

—Mister Kubik le ruega que espere. Está reunido.

Phil lo hubiera hecho adrede, para debilitar sus recursos o demostrar su importancia. Sid Kubik no. Era natural que estuviese ocupado, que tuviera una reunión. Sus negocios tenían más envergadura que los del mayor comercio de Nueva York, y tal vez incluso más que los de una compañía de seguros. También eran más complicados, porque no existían libros de contabilidad dignos de crédito.

Después de un cuarto de hora estuvo tentado de ir a tomar una copa. Al fondo del vestíbulo se abría un bar, acolchado de penumbra tranquilizadora, como la mayoría de los bares. A veces, antes de una entrevista importante bebía un whisky, raramente dos. Si hoy no quería hacerlo era para demostrarse a sí mismo que no tenía miedo.

¿De qué iba a tener miedo? ¿Qué le podían reprochar? Sin duda Kubik quería hablarle de Tony. Eddie no era responsable de la boda del menor de sus hermanos, ni de su nueva actitud.

Uno de los ascensores estaba cerca de él, subiendo y bajando sin cesar, y cada vez que salía gente se preguntaba si eran los que habían estado reunidos con el jefe.

—¿El señor Rico?

—Sí.

Había sentido como una leve punzada en el pecho.

El ascensor arrancó sin hacer ruido. Los pasillos eran claros, con una mullida alfombra color verde pálido en medio; en las puertas de las habitaciones estaban los números en cobre.

La 1262 se abrió sin que fuera necesario llamar, y Phil le tendió silenciosamente la mano, una mano impersonal que no apretaba la suya. Era alto, el cabello escaso, los perfiles blandos, y llevaba un traje de *shantung* crema.

En las ventanas, que debían de dar al mar, las persianas venecianas estaban casi cerradas.

—¿Y Kubik? —preguntó Eddie, dirigiendo una mirada circular al vasto salón vacío.

Phil le señaló con la barbilla una puerta entornada. Allí había habido una reunión de veras; sobre las mesitas quedaban vasos, y en los ceniceros cuatro o cinco puros a medio fumar.

Kubik salió de su alcoba con el torso desnudo y una toalla en la mano, despidiendo un fuerte olor a agua de Colonia.

—Siéntate, hombre.

Tenía el pecho fuerte y peludo. Sus brazos eran tan musculosos como los de un boxeador, todo su cuerpo, sobre todo la barbilla, estaba hecho de una materia muy dura.

—Sírvele un whisky, Phil.

Eddie no protestó porque consideraba que no podía rechazarlo.

—Enseguida vuelvo.

Desapareció de nuevo, y volvió un poco más tarde metiéndose los faldones de una camisa en su pantalón de hilo.

—¿Sabes algo de tu hermano?

Eddie se preguntó si ya sabían que Gino no había ido directamente a California. Era peligroso mentir.

—¿Tony? —prefirió preguntar, mientras Phil echaba hielo en un vaso grande.

—¿Te ha escrito?

—Él no. Mi madre. Esta mañana he recibido la carta.

—¿Qué te dice? Yo quiero a tu madre, es una mujer valiente. ¿Cómo está?

—Bien.

—¿Ha visto a Tony?

—No. En la carta me dice que se ha casado, pero que no sabe con quién.

—¿No ha ido por su casa estos últimos tiempos?

—Precisamente se queja de no haberle visto.

Kubik se dejó caer en un sillón y estiró las piernas. Tendió la mano hacia una caja de cigarros y Phil sacó de su bolsillo un encendedor de oro con sus iniciales.

—¿Es eso todo lo que sabes de Tony?

Era mejor jugar limpio. Sid Kubik parecía que no le observaba, pero Eddie notaba unas miradas furtivas, rápidas y penetrantes, que se posaban sobre él.

—Mi madre me cuenta que varias personas desconocidas fueron a preguntarle acerca de Tony, y no sabe por qué. Parece inquieta.

—¿Cree que eran de la policía?

Miró a Kubik de frente, y respondió de manera tajante:

—No.

—¿Sabes dónde está Gino?

—En la misma carta mi madre me dice que le han enviado a California.

—¿Llevas encima la carta?

—La he quemado. Siempre las quemo después de leerlas.

Era exacto. No necesitaba mentir. Hacía todo lo posible para no tener que mentir, sobre todo a Kubik. En cuanto a Phil, alto y flexible, iba y venía a su alrededor con una sonrisa de satisfacción que a Eddie no le gustaba, como si esperase con impaciencia la continuación.

—Nosotros tampoco sabemos dónde está Tony, y eso es grave —dijo Kubik contemplando su cigarro—. Esperaba que te hubiese escrito. Todo el mundo sabe que los tres estáis muy unidos.

—Hace ya dos años que no veo a Tony.

—Hubiera podido escribirte. Es una lástima que no lo haya hecho.

Phil estaba contento, se le notaba. No era un italiano. Era muy moreno, y debía de tener sangre española en las venas. Aseguraban que había ido a la escuela. Eddie sospechaba que sentía cierto desdén, quizá cierto odio, por todos los que empezaron en las calles populosas de Brooklyn.

—La última vez que tu hermano Tony trabajó para nosotros fue hace seis meses.

Eddie no dijo nada. No debía parecer que lo sabía.

—Luego nadie ha vuelto a verle. ¿Ni siquiera te escribió por Navidad o por Año Nuevo?

—No.

Seguía siendo verdad. Eddie sonreía a su pesar, porque eran las preguntas que él también hubiese hecho. Nunca había imitado a sabiendas las maneras de Kubik, y aún menos las de Phil, pero instintivamente, donde él mandaba, en su feudo, se comportaba de la misma forma que ellos.

Su vaso, en el que se fundía el hielo, estaba intacto. Los otros dos tampoco bebían. Sonó el teléfono. Lo descolgó Phil:

—¡Sí! Tendrá que esperar media hora. Está reunido.

Después de colgar, anunció a media voz a Sid:

—Es Bob.

—Que espere.

Se hundía en su sillón, siempre pendiente de su cigarro, cuya ceniza era de un blanco plateado.

—La chica con la que se ha casado tu hermano se llama Nora Malaks. Trabajaba en una oficina de la calle Cuarenta y Ocho, en Nueva York. Tiene veintidós años y me han dicho que es guapa. Tony la conoció en Atlantic City durante las últimas vacaciones.

Hizo una pausa mientras Phil iba a mirar la calle por las estrechas rendijas de las persianas.

—Hace tres meses el Ayuntamiento de Nueva York concedió una licencia de matrimonio a nombre de Tony y de esa chica. No se sabe dónde se casaron. Pudieron hacerlo en cualquier sitio, en un barrio extremo o en el campo.

Kubik siempre había conservado un leve acento, y su voz era áspera.

—Hace tiempo conocí a unos Malaks, pero no son éstos. El padre es granjero en un pueblecito de Pensilvania. Además, Nora tiene al menos un hijo.

Eddie tuvo la desagradable impresión de que hasta entonces las cosas habían sido demasiado fáciles. La calma sonriente de Phil no presagiaba nada bueno. Phil no hubiera sonreído de aquella manera si la conversación hubiese tenido que seguir en este tono.

—Escúchame bien. El hermano se llama Pieter, Pieter Malaks. Tiene veintiséis años y trabaja desde hace cinco en las oficinas de la General Electric, en Nueva York.

Instintivamente, pronunciaba aquellas palabras con respeto. La General Electric era una empresa muy grande, más grande aún que la organización.

—A pesar de su edad, el joven Malaks ya es subjefe de servicio. No está casado, vive en un modesto piso del Bronx y se lleva trabajo a casa.

Eddie estaba seguro de que estas últimas palabras las decía con intención, y que Sid le miraba con insistencia.

—Es un ambicioso, ¿comprendes? Quiere ir ascendiendo, y seguro que ya se ve formando parte algún día del estado mayor de la empresa.

¿Quería darle a entender que Pieter Malaks era un tipo como él? No era verdad, Phil no tenía por qué poner aquella cara. Él nunca había apuntado tan alto. Su sector de Florida le bastaba, nunca había dado ni un paso para acercarse a los peces gordos. ¿No lo sabía Sid Kubik?

—Enséñale la foto, Phil.

Éste la sacó de un cajón y se la tendió a Eddie. Era una instantánea tomada en la calle, probablemente con una Leica, y que habían ampliado. Era reciente, porque el joven llevaba un traje de algodón y un sombrero de paja.

Era muy alto, más bien delgado, daba la impresión de ser un rubio de piel blanca. Andaba a grandes zancadas, mirando al frente.

—¿No reconoces el edificio?

Sólo se veía un lienzo de pared y parte de una escalinata.

—¿El cuartel general de la policía? —preguntó.

—Exacto. Veo que no te has olvidado de Nueva York. La foto se tomó en la segunda visita que ese caballero hizo al gran jefe, hace exactamente un mes. Desde entonces no ha vuelto, pero un teniente ha ido varias veces a su casa. Entrevistas secretas.

Kubik, que había pronunciado estas dos últimas palabras con cierto énfasis, soltó una carcajada.

—Lo que ocurre es que nosotros también tenemos nuestros informadores en la casa. Lo que el joven

Malaks les fue a contar era que su pobre hermanita había caído en las garras de un gánster, y que a pesar de lo que hizo por impedirlo, se había casado con él. ¿Empiezas a comprender?

Eddie, inquieto, hizo una señal afirmativa.

—Eso no es todo. ¿Te acuerdas del asunto Carmine?

—Leí lo que publicaron los periódicos.

—¿No sabes nada más?

—No.

Esta vez no tenía más remedio que mentir.

—Casi inmediatamente después hubo otro asunto: un tipo que había hablado demasiado y a quien hubo que impedir que repitiese su historia delante del jurado de acusación.

Los dos hombres le observaban. Él no despegó los labios.

—En este segundo asunto Tony conducía el coche.

Se esforzaba casi dolorosamente por no manifestar ningún sentimiento, ninguna sorpresa.

—En el primero, el asunto Carmine, tu otro hermano, Gino, intervino haciendo lo que suele hacer.

Kubik hizo caer la ceniza de su cigarro sobre la alfombra. Phil, inmóvil detrás de su sillón, miraba fijamente a Eddie.

—Todo eso es lo que el joven Malaks contó a la policía. Al parecer Tony está tan enamorado que no ha querido ocultar nada de su vida a su mujer.

—¿Y ella se lo contó a su hermano?

—No acaba la cosa ahí.

El resto era mucho más grave, infinitamente más grave de todo lo que Eddie había previsto, y se sintió angustiado, tratando de no mirar a Phil, que seguía mostrando aquella sonrisa maligna.

—Según Pieter Malaks, ciudadano virtuoso que quiere colaborar con la justicia para limpiar los Estados Unidos de gánsteres, y para quien eso sería una excelente publicidad, tu hermano Tony está dispuesto a renegar de su pasado, siente remordimientos. Tú conoces a Tony mejor que yo.

—Ése no es su estilo.

Hubiese querido protestar más vigorosamente, recordar el pasado de los Rico, pero estaba tan impresionado que se sintió sin voz, sin ánimos, hasta el punto de que hubiese sido capaz de echarse a llorar.

—Quizá Malaks quiera darse importancia. Es posible. El hecho es que ha asegurado a la policía que si Tony es debidamente interrogado, si se le da una oportunidad de salir con bien, si no son demasiado brutales, Malaks da por cierto que su cuñado va a cantar.

—¡Eso no es verdad!

Había estado a punto de saltar de su sillón. La mirada de Phil le contuvo. Y también el hecho de que le faltaba convicción.

—Yo no digo que sea verdad. Pero por lo menos es verosímil. Ninguno de los dos puede saber cómo va a reaccionar Tony si le detienen y le hacen una buena proposición. No sería el primero. En general nunca les damos la oportunidad de caer en la tentación. Eso le hubiera podido pasar a Carmine, por ejemplo, y tu hermano Gino se encargó de evitarlo. Aquella noche Gino no iba solo. Alguien importante le acompañaba en el coche.

Vince Vettori, Eddie no lo ignoraba, pero se suponía que no podía saberlo. Si Vettori no estaba en la punta de la pirámide, contaba casi tanto como Kubik.

Ahora bien, nunca dejan coger a ese tipo de jefes. Es demasiado peligroso. Se correría el riesgo de poner al descubierto toda la cadena.

—¿Conoces a Vince?

—Coincidí con él una vez.

—Él también estaba allí cuando eliminaron al testigo.

Un silencio más impresionante que los anteriores, durante el cual Phil encendió un cigarrillo y acarició su encendedor.

—Estás de acuerdo en que hay que evitar a toda costa que Tony hable, ¿no?

—No hablará.

—Para estar seguros lo primero que habría que hacer es verse con él.

—No creo que sea imposible.

—Tal vez no lo sea para ti. Me imagino que el viejo Malaks, en su granja, sabe muchas cosas. Los tortolitos fueron a visitarle. Si nosotros le interrogamos desconfiará. Pero tú eres el hermano de Tony.

La frente de Eddie se había cubierto de gotitas de sudor. Maquinalmente se había estado rascando el lunar, que sangraba de nuevo.

—Ya ves. Tu padre me salvó la vida sin quererlo. Tu madre también, pero ella queriendo. Ahora hace más de treinta años que nos presta servicios. Gino es un buen tío. Tú siempre has trabajado bien, y hasta ahora nadie ha tenido la menor queja de Tony. Se trata de que no hable. Nada más. Como pasaba por Miami te he llamado porque creo que tú eres quien tiene más probabilidades de sacarnos de ese lío. ¿Me equivoco?

Eddie alzó los ojos y dijo casi a su pesar:

—No.

—Estoy seguro de que le encontrarás. Han debido de poner al FBI en su busca, y Estados Unidos va a resultar pequeño para él. La verdad es que no me gustaría verlo ni en Canadá ni en México. Pero si, por ejemplo, supiese que está en Europa, creo que me quedaría más tranquilo. ¿Todavía hay Ricos en Sicilia?

—Nuestro padre tenía ocho hermanos y hermanas.

—Para Tony sería una buena ocasión de conocer a la familia, y si se empeña, de presentar a su mujer.

—Sí.

—Hay que convencerle, encontrar los buenos argumentos.

—Sí.

—Y hay que hacerlo aprisa.

—Sí.

—Yo en tu lugar empezaría por el viejo Malaks.

Volvió a decir sí mientras Sid Kubik se levantaba suspirando e iba a aplastar su cigarro en un cenicero, y Phil se dirigía hacia la puerta.

—Aparte de eso, ¿todo va bien por Santa Clara?

—Muy bien.

—¿Es una buena zona?

—Sí.

—Sería una lástima tener que abandonarla.

Si al menos Phil no siguiera sonriendo.

—Haré todo lo que pueda.

—Buena falta hace.

La cabeza le daba vueltas, y sin embargo no había probado su whisky.

—Yo que tú me iría directamente a Pensilvania, sin pasar por Santa Clara.

—Sí.

—A propósito, ¿cómo se porta Joe?

—Trabaja de dependiente.

—¿Se le vigila?

—He dado instrucciones a Angelo.

Ya de pie, Kubik le tendió su zarpa, que apretó tan fuertemente la mano de Eddie que éste la retiró de color blanco.

—Pase lo que pase, hay que impedir que Tony tenga la oportunidad de hablar, ¿está entendido?

—Sí.

Se olvidó de despedirse de Phil. En el ascensor esperaban dos mujeres con pantalón corto, pero él sólo vio dos manchas claras. En el frescor del vestíbulo sintió un mareo, y fue a sentarse al lado de una columna.

4

El encargado del garaje que le alquiló el coche en Harrisburg le indicó el camino en un mapa que tenía sujeto con chinchetas en la pared de su despacho. Se oían truenos, pero no llovía aún. Seguir por la autopista de peaje hasta Carlisle, y girar primero a la derecha, por la 274, luego a la izquierda, por la 850, después de un pue-blucho llamado Drumgold, teniendo cuidado de no continuar hasta Alinda. Vería un gran edificio de ladrillo con una chimenea muy alta, una antigua fábrica de azúcar. El camino estaba al lado.

Todo eso lo había registrado automáticamente en la memoria, como en la escuela, con el número de kilómetros de un lugar a otro. Había empezado a llover cuando aún estaba entre las líneas blancas de la autopista. Fue muy brusco. En dos segundos cayó un alud de agua ante el cual los limpiaparabrisas resultaron casi inútiles, y en el cristal delantero la capa líquida era tan espesa que el paisaje se veía deformado.

Había dormido mal. El día anterior por la tarde, al bajar del avión en Washington le dijeron que había un avión para Harrisburg una hora después, y decidió coger-lo sin tomar la precaución de reservar una habitación por teléfono. Durante el viaje estuvo muy nervioso. En la escala de Jacksonville vio al final de las pistas un avión igual que el suyo y que se había estrellado envuelto en llamas una hora antes; aún humeaba.

No había ninguna habitación libre en los dos o tres buenos hoteles de Harrisburg, a causa de algún acontecimiento, probablemente una feria, porque había banderolas en todas las calles, habían levantado un arco de triunfo y las bandas de música seguían yendo de un lado a otro pasada la media noche.

Por fin su taxi le condujo a un hotel de medio pelo en el que el esmalte de la bañera tenía churretes amarillos, y al lado de la cama podía verse, junto a una Biblia Gedeón, un aparato de radio que funcionaba introduciendo en una ranura una moneda de veinticinco centavos.

Durante toda la noche, una pareja borracha, a la que el botones había subido una botella de whisky, estuvo alborotando, y Eddie aporreó en vano varias veces el tabique.

Evidentemente, en su juventud había estado en lugares peores. Cuando era niño no había ninguna clase de cuarto de baño en toda la casa, se lavaban en la cocina una vez por semana, los sábados. Tal vez si había luchado tanto fue por tener algún día un cuarto de baño de verdad. ¡Tener un cuarto de baño y cambiarse de ropa todos los días!

Había dejado atrás Carlisle. A lo largo de toda la autopista no faltaban paneles indicativos, pero los coches circulaban aprisa, los neumáticos, en un asfalto empapado, hacían un ruido ensordecedor, había que mantener una velocidad, y en medio de tanta agua no se tenía tiempo de leer todos los letreros que pasaban ante los ojos.

Cuando pudo salirse de la autopista de peaje ya había dejado atrás la 274, y tuvo que dar un largo rodeo por los campos, luego por unos arrabales de aspecto hostil, antes de volver a meterse en la carretera. Como por una ironía del destino, tres kilómetros más lejos el camino estaba cortado: un largo panel con una flecha de varios metros anunciaba un desvío.

A partir de entonces avanzó a ciegas, inclinado hacia delante para distinguir algo en medio de la tempestad, pasando de un camino vecinal a una carretera asfaltada que le dio un poco de esperanza, pero que volvió a convertirse en un simple camino después de cruzar una aldea.

Ahora estaba entre montañas, donde los árboles parecían negros, y de vez en cuando una alquería, unos campos de labor, unas vacas inmóviles y ateridas que le miraban pasar.

Debía de estar perdido. No veía ni rastro de Drumgold, que hubiera tenido que cruzar mucho antes, y no había ni una sola señal orientadora. Para preguntar, hubiese tenido que parar el coche delante de una granja, bajar, empaparse para ir a llamar a la puerta, y ni siquiera estaba seguro de encontrar a alguien; hubiérase dicho que el universo se había vaciado de todos los seres humanos.

Por fin acabó por encontrar una gasolinera. Un hombretón pelirrojo, con un impermeable, se acercó a la portezuela después de haber hecho sonar el claxon unas diez veces.

—¿White Cloud?

El otro se rascó la cabeza, volvió a entrar en la casucha que había al lado de la gasolinera para informarse. Y fueron nuevas cuestas, bosques, un lago tan lúgubre como el cielo. Por fin, en una hondonada, cuando ya llevaba horas en el coche, y no había tomado nada desde la taza de café de la mañana, vio unas casas de madera, una de ellas pintada de amarillo oscuro, con unas letras negras: EZECHIEL HIGGINS TRADE POST.

Era lo que el hombre del garaje le dijo que buscara. Estaba en White Cloud, donde vivía el viejo Malaks.

En la fachada del edificio había un porche. La parte de la izquierda era una tienda de la época de los pioneros, donde se vendía de todo: sacos de harina, palas, azadones, arneses, conservas, lo mismo que caramelos y monos de trabajo. La puerta del medio llevaba un letrero: HOTEL. La de la derecha, la palabra TAVERN.

El agua caía del tejado del porche. Al abrigo de éste, un hombre fumaba un cigarro muy negro, balanceándose en una mecedora, y parecía divertirle ver cómo Eddie corría bajo la lluvia.

Al principio Eddie no se fijó mucho. Se preguntó hacia qué puerta tenía que dirigirse, acabó por empujar la de la taberna, donde había dos viejos sentados delante de su vaso sin decir ni una palabra, como momificados. La verdad es que eran muy viejos, de esos ancianos que ya sólo se encuentran en los lugares campesinos más remotos. Sin embargo, uno de ellos, después de un largo silencio, abrió la boca para llamar:

—¡Martha!

Entonces una mujer salió de la cocina secándose las manos en su delantal.

—¿Qué pasa?

—¿Es esto White Cloud?

—¿Qué quiere que sea?

—¿Es aquí donde vive Hans Malaks?

—Sí y no. Su granja está a unos siete kilómetros al otro lado de la montaña.

—¿Sería posible comer algo?

El hombre del porche estaba de pie en el quicio de la puerta, y le miraba irónicamente, como si para él la escena fuese muy divertida, y fue entonces cuando Eddie frunció el ceño.

No le conocía. Estaba seguro de que nunca le había visto. Pero no estaba menos seguro de que había pasado su niñez en Brooklyn, y de que no estaba allí por casualidad.

—Puedo hacerle una tortilla.

Dijo que sí. La mujer se fue, pero volvió para preguntarle si no quería nada de beber.

—Un vaso de agua.

Parecía estar en el extremo del mundo. Las litografías de las paredes databan de veinte o treinta años, y algunas eran las mismas que habían adornado la tienda de su padre. El olor era también casi el mismo, con los añadidos del olor a campo y a lluvia.

Los dos viejos, inmóviles como para la eternidad, no dejaban de mirarle con sus ojos ribeteados de rojo, y uno de ellos llevaba una barbita de chivo.

Eddie fue a sentarse junto a la ventana, más incómodo aún que en Miami, con la desagradable sensación de ser un extraño.

El día antes, en lugar de dirigirse allí, había estado a punto de ir directamente a Brooklyn para visitar a su madre. ¿Sabía por qué no lo había hecho? ¿Quizá porque se sentía vigilado? Ya en el avión de Miami a Washington había examinado uno tras otro a todos los pasajeros, preguntándose si alguno de ellos no estaría allí para seguirle.

Aquí, ese hombre que le había estado mirando cuando bajó del coche, mientras sonreía satisfechamente, sin duda pertenecía a la organización. Tal vez hacía ya varios días que estaba allí. ¿Había ido a ver al viejo Malaks para tratar de sonsacarle?

En cualquier caso le esperaba. Había debido de telefonearle desde Miami. Daba vueltas en torno a Rico como si dudase de dirigirle la palabra.

—¡Vaya tiempo, eh!

Eddie no respondió.

—No es fácil encontrar la granja del viejo.

¿Se burlaba de él? Iba sin chaqueta, sin corbata, porque a pesar de la tormenta aún hacía calor, un calor húmedo que se pegaba a la piel.

—¡Es todo un tipo!

Sin duda se refería a Malaks. Eddie se encogió ligeramente de hombros. Y después de haber lanzado dos o tres frases al aire, el otro le volvió la espalda refunfuñando:

—¡Como quiera!

Eddie comió sin apetito. La mujer le siguió hasta el porche para indicarle el camino. Había una cascada al pie de la loma, y el coche tuvo que atravesar un arroyo que había invadido la carretera. Esta vez no se extravió, sólo estuvo a punto de atascarse en un camino en el que los tractores habían dejado profundas roderas.

En un nuevo valle descubrió en medio de las praderas y de los maizales una granja pintada de rojo, sólo con planta baja, y unas ocas que se enfadaron al verle cerca.

Cuando bajó del coche alguien le estaba observando desde una ventana, y al acercarse desapareció la cara, se abrió la puerta y le recibió un hombre fuerte y corpulento como un oso.

Esta vez Eddie no llevaba nada preparado. No era posible. No estaba en su terreno. El hombre, que estaba fumando una pipa de maíz, le miraba sacudirse la lluvia del sombrero y de los hombros.

—¡Está hecho una sopa! —comentó con una alegría de campesino.

—¡Sí, hecho una sopa!

En medio de la habitación había una estufa de un modelo antiguo cuyo tubo iba a perderse en una de las paredes. El techo era bajo, sin encalar, sostenido por gruesas vigas. En la pared, tres fusiles, uno de ellos de dos cañones. Un buen olor a vaca.

—Soy el hermano de Tony —se apresuró a anunciar.

El otro pareció asentir. Que fuera el hermano de Tony le parecía muy bien. «¿Y qué?», parecía decir señalando una mecedora.

Después de lo cual cogió de un estante una botella de aguardiente blanco que debía de destilar él mismo, y dos vasos gruesos. Los llenó con un gesto sacerdotal y empujó uno hacia su huésped, sin decir nada, y Eddie comprendió que lo mejor era bebérselo.

Al lado de aquel viejo, Sid Kubik, que sin embargo daba una impresión de solidez y de fuerza, como máximo hubiera parecido un hombre del montón.

Malaks tenía la piel curtida, surcada por finas arrugas, y los músculos hinchaban su camisa a cuadros rojos; sus manos eran enormes, duras como herramientas.

—Hace ya mucho tiempo —la voz de Eddie carecía de firmeza— que no he recibido noticias de Tony.

El viejo tenía los ojos de un azul muy claro, y la expresión de su rostro era bondadosa. Parecía sonreír al mundo hecho por Dios, en el que él ocupaba un pequeño lugar y donde nada de lo que pudiera suceder era capaz de sorprenderle.

—Es un gran chico —dijo.

—Sí. Según me han dicho quiere mucho a su hija.

A lo cual Malaks respondió:

—Son cosas de la edad.

—Me ha alegrado mucho saber que se habían casado.

El granjero estaba sentado frente a él en una mecedora, y se balanceaba a un ritmo regular, con la botella al alcance de la mano.

—Son cosas que suelen pasar entre un hombre y una mujer.

—No sé si él le ha hablado de mí.

—Un poco. Supongo que usted es el que vive en Florida, ¿no?

¿Qué le habría dicho Tony? ¿Había hecho a su suegro las mismas confidencias que a su mujer, y le había hablado de la actividad de su familia?

Malaks no parecía receloso. La palabra indiferente tampoco era la adecuada. Estaba claro que la visita de aquel señor que venía del sur no le inquietaba. ¿Qué es lo que podía inquietarle? Sin duda nada. Había hecho su vida, se identificaba con el decorado que se había construido. Alguien llamaba a su puerta y él le ofrecía un vaso de aguardiente. Para él era una ocasión para beber, ver una cara desconocida, intercambiar unas frases.

Sin embargo, tenía el aire de no tomarse demasiado en serio todo aquello.

—Mi madre me dice en una carta que Tony ha renunciado a su trabajo.

Era una manera de sondearle. Espiaba su reacción. Si Malaks sabía, ¿no iba a mostrar una sonrisa irónica ante la palabra *trabajo*?

El hecho es que estaba sonriendo, pero sin ironía. Era una sonrisa que no afectaba ni a los músculos de la cara ni a los labios, que sólo estaba en los ojos.

—Como pasaba por aquí he venido a verle.

Parecía agradecérselo. Malaks le sirvió un segundo vaso de aquel alcohol que quemaba la garganta.

Era mucho más difícil que con un sheriff o con cualquiera de los dueños de clubes nocturnos. Sobre todo porque no se sentía dominando sus recursos. Tenía un poco de vergüenza de sí mismo, se esforzaba para no manifestarlo. Se sentía pálido y blando, fofo, ante aquella masa de carne apretada que seguía balanceándose frente a él.

No le ayudaba. Pero no tenía por qué ser necesariamente algo deliberado. A los hombres que llevan la vida de Malaks no les gusta hablar.

—Se me ha ocurrido que, si lo necesita, no me sería difícil encontrarle trabajo.

—Yo diría que puede apañárselas solo.

—Es un buen mecánico. Cuando aún era muy joven ya le apasionaba la mecánica.

—En tres días supo poner en marcha el viejo camión que yo ya había abandonado como chatarra cerca del estanque.

Eddie se esforzó por sonreír.

—¡Muy propio de Tony! Eso habrá sido una ayuda.

—Le di el camión. Era lo menos que podía hacer. Además, el año pasado me compré uno nuevo.

—¿Se fueron con el camión?

El viejo asintió con la cabeza.

—Me alegro mucho. Con un camión, un hombre como mi hermano puede emprender un pequeño negocio.

—Eso fue lo que dijo.

Aún era demasiado pronto para hacer la pregunta.

—Su hija... Se llama Nora, ¿verdad? ¿No está asustada?

—¿De qué?

—De dejar su trabajo, Nueva York, una vida segura, para irse por esos mundos sin saber adónde va.

Sólo lo había apuntado: «sin saber adónde va». La frase hubiera podido provocar una reacción, pero no fue así.

—Nora ya es mayor. Cuando se fue de aquí, hace tres años, tampoco sabía lo que iba a hacer. Y cuando yo me fui de mi pueblo a los dieciséis tampoco.

—¿No tiene miedo a las dificultades?

¡Su voz le sonaba a falso, incluso a sus propios oídos! Le parecía estar representando un papel odioso, y sin embargo le era imposible hacer otra cosa en favor de Tony.

—¿Qué dificultades? En mi casa éramos dieciocho hermanos, y cuando me fui jamás había visto el pan blanco, ni sabía que existiera una cosa así, siempre había comido pan de centeno, remolachas y patatas, a veces con un poco de tocino. Siempre encontrarán para comer patatas y tocino.

—Tony es valiente.

—Es un gran chico.

—Me pregunto si ya no tenía algo en la cabeza cuando arregló el camión.

—Probablemente sí.

—En algunos lugares no hay medios de transporte.

—Desde luego.

—Sobre todo en esta estación, a causa de las cosechas.

El viejo asentía con la cabeza, calentaba su vaso en su manaza morena.

—En Florida no le iban a faltar clientes. Es la época de los estoques.

No picó. Había que proceder de una forma más directa.

—¿Ha tenido noticias suyas?

—No desde que se fueron.

—¿No le ha escrito su hija?

—Cuando yo me fui de casa me pasé tres años sin escribirles. En primer lugar, hubiera tenido que pagar los sellos. Y luego, no tenía nada que contarles. Nunca les escribí más de un par de cartas.

—¿Y su hijo tampoco le escribe?

—¿Cuál de ellos?

Eddie no sabía que hubiera varios. ¿Dos? ¿Tres?

—El que trabaja en la General Electric. Tony le habló de él a mi madre. Tiene mucho futuro, ¿no?

—Es posible.

—Parece que a sus hijos no les gusta el campo.

—A esos dos no.

Eddie, perdida ya la paciencia, tuvo que levantarse. Fue hacia la ventana para mirar la lluvia que seguía cayendo y que formaba círculos en los charcos.

—Creo que tendré que irme.

—¿Se va esta noche a Nueva York?

Dijo que sí, sin saber por qué.

—Me hubiera gustado escribir a Tony. Tengo montones de noticias para él.

—No dejó su dirección, señal de que no le preocupa.

En el viejo seguía sin haber ni rastro de sarcasmo. Era sencillamente su manera de pensar, de hablar. O al menos eso pensaba Eddie.

—Suponga que le ocurre algo a mi madre...

Se sentía más avergonzado que nunca de aquel papel tan sórdido.

—Ya tiene años. En estos últimos tiempos no se sentía bien.

—Lo más grave que le puede suceder es morirse. Y Tony no hará que resucite, ¿verdad?

Por supuesto que era cierto. Todo era cierto. Él era el único que zigzagueaba lamentablemente con la esperanza de conseguir que el viejo dijera lo que no sabía o lo que no quería decir.

Se estremeció al ver que fuera había un hombre, con un saco sobre la cabeza a modo de paraguas, que estaba mirando la matrícula del coche, y que luego se asomó por la portezuela para leer el permiso de circulación que estaba arrollado en la barra de dirección. El hombre llevaba unas botas de caucho rojizo. Era joven, se parecía a Malaks en más feo, con rasgos irregulares.

Se sacudió las botas contra la pared, empujó la puerta, miró a Eddie, a su padre, y por fin la botella y los vasos.

—¿Quién es? —preguntó sin saludar.

—Un hermano de Tony.

Entonces el joven dijo a Eddie:

—¿Ha alquilado ese cacharro en Harrisburg?

No era una pregunta, sino casi una acusación. No dijo nada más, no volvió a ocuparse del visitante y fue a servirse un vaso de agua en la bomba de la cocina.

—Ojalá sean felices —dijo Eddie a modo de despedida.

—Estoy seguro de que lo serán.

Eso fue todo. El hijo entró en la habitación con el vaso de agua en la mano, y siguió con la mirada a Eddie, que se dirigía lentamente hacia la puerta. El viejo Malaks, que se había puesto en pie, también le miraba salir, sin acompañarle.

—Gracias por la copa.

—No hay de qué.

—De todas formas, gracias. ¿Quiere que le deje mi dirección para el caso de...?

Era una última tentativa.

—Sería inútil, yo nunca escribo a nadie. Ni siquiera estoy seguro de acordarme de las letras.

Rico cruzó, con los hombros encogidos, el espacio que le separaba del coche, y como no había subido la ventanilla, el asiento estaba mojado. Arrancó súbitamente furioso, creyendo oír una sonora carcajada dentro de la casa.

En la tienda de Higgins, el tipo que seguía balanceándose en su mecedora le vio acercarse con una mirada de burla. Y él, de mal humor, no bajó del coche, pisó el acelerador y emprendió el camino de regreso.

Esta vez no se extravió. La tempestad se había calmado, ya no había ni truenos ni rayos, pero del cielo continuaban cayendo unas gotas cada vez más finas y tupidas. Iba a llover por lo menos durante dos días más.

En Harrisburg el hombre del garaje refunfuñó porque el coche estaba completamente enfangado. Eddie fue al hotel para recoger su maleta, y se hizo llevar en taxi al aeródromo, sin saber a qué hora había un avión.

Tuvo que esperar una hora y media. El suelo estaba empapado, y las pistas de cemento que se cruzaban relucientes. La sala de espera olía a humedad y a urinarios. Al fondo había dos cabinas telefónicas, y se dirigió al mostrador para conseguir monedas.

El día anterior no había telefoneado a su casa.

Todavía ahora iba a hacerlo por obligación, porque se lo había prometido a Alice. Cuando ya había pedido la conferencia, aún no sabía lo que iba a decir, no había tomado ninguna decisión. Sentía grandes deseos de volver a su casa lo antes posible, y de no ocuparse de nada, a pesar de Phil y de todas las organizaciones del mundo.

No tenían derecho a complicarle la vida de aquella manera. Él se la había hecho, a fuerza de puños, como el viejo Malaks había construido su granja.

No era responsable de lo que hiciera su hermano. No fue él quien conducía el coche desde el que se dispararon los tiros que mataron al hombre que vendía cigarrillos en Fulton Avenue.

Todo aquello, visto desde aquí, parecía irreal. ¿Acaso el cliente del Trade Post estaba allí para vigilarle? En este caso, ¿por qué no le siguió? A través del cristal de la cabina Eddie veía toda la sala de espera, donde no había más que dos mujeres de cierta edad y un marinero, con el saco de lona junto a él, en el banco.

Todo era sucio, gris, desalentador, mientras que en Santa Clara la casa era de un blanco inmaculado bajo el sol.

Si no le estaba siguiendo, ¿qué hacía aquel tipo en White Cloud?

Mientras las voces de las telefonistas se llamaban por la línea, encontró una explicación muy sencilla. Sid Kubik no era un niño, era capaz de dar sopas con honda a cualquier policía. En un rincón de la tienda de Higgins, detrás de la puerta, había una ventanilla con un rótulo: OFICINA POSTAL.

Por allí pasaba todo el correo del pueblo. Si había alguna carta dirigida a Malaks aquel tipo podía verla fácilmente al vaciar las sacas.

—¿Eres tú?

—¿Dónde estás?

—En Pensilvania.

—¿Vas a volver pronto?

—No lo sé. ¿Cómo están las niñas?

—Muy bien.

—¿No hay ninguna novedad?

—No. El sheriff ha telefoneado, pero ha dicho que no era importante. ¿Te quedas ahí?

—Estoy en el aeropuerto. Esta tarde llegaré a Nueva York.

—¿Verás a tu madre?

—No lo sé. Claro. Sí.

Iría a verla. Era lo mejor. Es posible que supiera algo que no hubiese dicho a Kubik.

El resto del día fue igual de aburrido. El avión era un aparato viejo y atravesaron dos tormentas. Cuando llegaron a La Guardia ya se había hecho de noche, unas siluetas negras iban y venían, gente que se besaba, otros acarreaban bultos demasiado pesados.

Por fin consiguió coger un taxi y dio la dirección de Brooklyn. De pronto sintió frío con aquel traje demasiado ligero que se había impregnado de humedad. Estornudó varias veces y tuvo miedo de haberse acatarrado. Cuando era niño se acatarraba a menudo. En realidad, también Tony, que todos los inviernos tenía bronquitis.

Era una imagen que volvió de pronto a su memoria: Tony en la cama, con tebeos desparramados sobre la manta, y unas hojas de papel que llenaba de dibujos. Los tres hermanos dormían en la misma habitación. Entre las camas apenas había espacio para moverse.

Habría una discusión penosa. Su madre insistiría en que se quedase a dormir en su casa. Ahora había cuarto de baño, la antigua habitación de los chicos que habían transformado.

Inmediatamente después de la tienda estaba la cocina, que servía de comedor y de sala de estar, y donde su abuela se pasaba la vida en un sillón. Luego, en un oscuro pasillo se abría la habitación donde dormían las dos mujeres, desde que la abuela tenía miedo de morirse durante la noche. Julia siempre quería que el antiguo cuarto de la anciana fuese el que ocupasen sus hijos cuando iban a verla, y allí subsistía un olor que Eddie nunca había podido soportar.

Llamó al taxista golpeando el cristal, dio la dirección del Saint George, un gran hotel de Brooklyn que sólo estaba a tres bocacalles de su casa. Firmó su ficha y dejó la maleta. Había comido algo antes de despegar del aeropuerto de Harrisburg y no tenía hambre. Sólo tomó una taza de café en el mostrador, cogió otro taxi, porque seguía lloviendo.

La verdulería, al lado de la tienda que ahora ocupaba su madre, había sufrido transformaciones. Aún vendían verduras y comestibles, pero habían modernizado la parte delantera, recubriendo las paredes de la fachada con azulejos blancos, y, de día y de noche, incluso cuando las puertas estaban cerradas, la tienda permanecía brillantemente iluminada con neones.

Eran las once de la noche. Sólo los bares seguían abiertos, y el billar de enfrente, donde los jóvenes iban a dárselas de golfos.

No había luz en la tienda de caramelos y de sodas. Sin embargo allí reinaba una penumbra, porque la puerta del fondo estaba entreabierta. Las dos mujeres se encontraban en la cocina, a la luz de la lámpara, y de no ser por esta puerta les hubiera faltado el aire. Eddie hasta podía ver la falda y los pies de su madre.

A la izquierda, el mostrador no había cambiado, con sus cuatro taburetes fijos en el suelo, los grifos de soda, las tapaderas cromadas que cubrían los recipientes de helado. En la segunda mitad se alineaban las golosinas de todas clases, caramelos, chocolatinas, chicles, mientras que, delante de la pared del fondo, había tres máquinas del millón.

Todavía dudó antes de llamar con los nudillos. No había timbre. Cada uno de los hermanos tenía una manera particular de golpear los cristales. Le pareció que el barrio y la calle eran más tristes que antes, aunque hubiera más luz.

Su madre se movió, se puso en pie, cruzó el espacio que él podía divisar, se volvió un momento hacia la tienda. Entonces, como no estaba seguro de que le hubiera visto, tableteó en la puerta.

Ella nunca dejaba la llave en la cerradura. Eddie sabía de qué rincón del aparador la cogía. Su madre no le había reconocido. Él estaba en la oscuridad. La mujer pegó la cara al cristal, arqueó las cejas, lanzó una exclamación que desde fuera no se pudo oír, y abrió.

—¿Por qué no me has telefoneado? Te hubiera preparado el cuarto.

No se besaron. Los Rico no se besaban nunca. Ella le miró las manos.

—¿Qué has hecho de tu maleta?

Eddie mintió:

—La he dejado en La Guardia. Es posible que tenga que regresar esta noche.

Siempre la había visto igual. Para él no había cambiado desde que le llevaba en brazos. Siempre la había conocido con las piernas un poco hinchadas, el vientre prominente, los gruesos pechos balanceándose dentro de la blusa. Y también siempre vestida de gris.

—Se ensucia menos —explicaba.

Saludó a su abuela, que le llamó Gino. Era la primera vez que aquello sucedía, y él miró interrogativamente a su madre, quien le dijo por señas que no hiciera caso. Con un dedo en la frente le indicó que la anciana empezaba a perder la memoria.

Abrió la nevera, sacó salami, ensalada de patatas, pimientos, y lo puso todo sobre el hule que cubría la mesa.

—¿Has recibido mi carta?

—Sí.

—¿Él tampoco te ha escrito?

Negó con la cabeza. No tenía más remedio que comer para no disgustarla, y beber el chianti que ella le sirvió en un vaso grande y grueso, un vaso que no había visto en ningún otro sitio excepto en su casa.

—¿Por eso has venido?

Hubiera preferido hablarle sinceramente, decirle toda la verdad, lo que había sucedido con Phil y Sid Kubik, su viaje a White Cloud. Hubiera sido más fácil y se hubiese quitado de encima un gran peso.

No se atrevió. Dijo que no. Como ella seguía mirándole interrogativamente, añadió:

—Tenía que ver a alguien.

—¿Son ellos los que te han hecho venir?

—En cierto modo. Pero no ha sido por eso. No especialmente por eso.

—¿Qué te han dicho? ¿Has hablado con ellos?

—Todavía no.

Ella sólo le creía a medias. Sólo creía a la gente a medias, en especial a sus hijos, y de un modo particular a Eddie, sin que éste jamás supiera por qué, ya que de los tres era el que menos le había mentido.

—¿Crees que andan tras él?

—No le harán nada.

—No son ésos los rumores que corren por aquí.

—He ido a visitar al padre de su mujer.

—¿Cómo has sabido cómo se llama? Ni siquiera yo lo sé. ¿Quién te lo ha dicho?

—Alguien que ha ido a pasar unas semanas en Santa Clara.

—¿Joe?

Su madre sabía más de lo que él había imaginado. Con ella siempre pasaba lo mismo. Llegaban a sus oídos los menores rumores. Y tenía una intuición especial para adivinar la verdad.

—Desconfía de él. Le conozco. Vino aquí varias veces a tomar helados, hace tres o cuatro años, cuando no era más que un granujilla. Es un tipo falso.

—Yo le creo.

—¿Qué te ha dicho? ¿Cómo lo sabía?

—Oye, mamá, no me hagas tantas preguntas. Me recuerdas a O'Malley.

Entre ellos hablaban siempre un mal italiano mezclado con la jerga de Brooklyn. O'Malley era el sargento que llevaba más de veinte años trabajando en el barrio, y que, cuando los tres hermanos eran adolescentes, era su bestia negra.

—Lo único que te digo es que he ido a ver al padre. Es verdad que Tony y su mujer fueron a visitarle hace dos o tres meses. Había un viejo camión descacharrado cerca del estanque. Parece ser que Tony se pasó tres días arreglándolo, y su suegro se lo regaló.

La abuela, que era dura de oído y que ya no oía prácticamente nada, sacudía la cabeza como si siguiese con interés su conversación. Hacía años que se dedicaba a hacerlo, y llegaba a engañar a las personas que le soltaban largos discursos.

¿Por qué Julia sonreía de pronto?

—¿Es un camión grande?

—No se lo pregunté. Probablemente. En las granjas una camioneta no les sirve de nada.

—Entonces no hay que preocuparse por tu hermano.

Él se dio cuenta de que su madre no se lo decía todo, que saboreaba su descubrimiento, espiando a Eddie, sin duda preguntándose si tenía que decírselo o no.

—¿Te acuerdas de su neumonía?

Había oído hablar de ella a menudo, pero en realidad apenas recordaba nada. Aquello se confundía con las numerosas bronquitis de Tony. Además, en aquella época, Eddie, que tenía quince años, casi no ponía los pies en la casa.

—El médico dijo que necesitaba aire libre para ponerse bien. El hijo de Josephina...

Entonces comprendió. También él estuvo a punto de sonreír. Estaba seguro de que su madre tenía razón. Josephina era una vecina que trabajaba de asistenta, y que iba de vez en cuando a echarles una mano. Tenía un hijo, de cuyo nombre Eddie no se acordaba, que se había ido al Oeste. Allí cultivaba la tierra. Josephina aseguraba que le iba muy bien, que se había casado, que ya tenía un hijo, y que insistía en que fuera a reunirse con él.

Del nombre del lugar seguía sin acordarse. Estaba en el sur de California.

Y en efecto, el hijo un buen día fue a buscar a su madre. Ésta insistió en que Tony, que no acababa de reponerse, viviera con ellos durante unos meses, porque siempre había tenido debilidad por el chico.

—Tendrá sol, aire puro...

Había olvidado los detalles. El hecho es que Tony permaneció ausente de la casa durante cerca de un año. En aquella época empezó a apasionarse por la mecánica. Apenas tenía once años. Quería que el hijo de Josephina le dejara conducir su camioneta por los campos.

Hablaba a menudo de aquella región.

—Hacen hasta tres o cuatro cosechas de primicias por año. El problema es transportar las verduras.

Su madre dijo:

—Apostaría que está en algún lugar en los alrededores de El Centro.

Era el nombre de la población que buscaba. Un poco avergonzado, desvió la mirada.

—¿No comes más?

—He cenado antes de venir.

—No te irás enseguida, ¿verdad?

—No, enseguida no.

Hubiera preferido irse. Nunca se había sentido tan poco en su casa en aquella habitación que le era tan familiar. Nunca se había sentido tan niño delante de su madre.

—¿Cuándo vuelves a Florida?

—Mañana.

Creía que tenías que verte con alguien.

—Le veré mañana por la mañana.

—¿No has visto a Sid Kubik en Miami?

Temiendo contradecirse prefirió contestar que no. Se sentía desconcertado. Aquél no era su terreno.

—Es curioso que Gino también haya ido precisamente a California.

—Sí, es curioso.

—Tienes mala cara.

—Seguramente me he acatarrado con la tormenta. El chianti era tibio, espeso.

—Me parece que ya es hora de que me vaya.

Su madre se quedó en el quicio de la puerta viendo cómo se alejaba, y a él no le gustó la mirada que le dirigía.

5

¿Cuántas veces había salido de la misma casa, a la misma hora tardía, con su madre en el umbral que se asomaba para ver cómo se iba? Incluso con ciertos detalles incongruentes que eran idénticos, como el hecho de que había dejado de llover. Entonces ella le decía: «Al menos espera a que ya no llueva».

¡Había visto tantas veces secarse la lluvia en las aceras, y aquellos charcos que hubiera jurado que seguían estando en el mismo sitio! Algunas tiendas no habían cambiado. Había una esquina, la segunda, en la que tiempo atrás, sin ninguna razón seria, siempre esperaba una emboscada. Volvió a sentir hasta la punzada en el pecho que experimentaba en el momento de penetrar en la zona oscura.

Volvía a encontrarse con todo aquello sin alegría. Era su barrio. Creció entre aquellas casas, que debían de reconocerle. Y sin embargo parecía que sintiese vergüenza. No de ellas. Más bien de sí mismo. Era difícil de explicar. Su hermano Gino, por ejemplo, aún era de aquí. Hasta Sid Kubik, que se había convertido en alguien importante, podía volver a aquellos lugares sin pesadumbre.

No era sólo aquella noche cuando Eddie se ponía sombrío al regresar al decorado de su niñez. Otras veces, al volver allí, en tren o en avión, se había alegrado sinceramente imaginando que el contacto iba a producirse. Luego, al llegar a su calle, a la casa de su madre, no pasaba nada. No había emoción. No sólo en él, sino también en los otros.

Le acogían del mejor modo posible. Le ponían de comer sobre la mesa. Le servían vino. Pero le miraban de una manera distinta a como hubieran mirado a Gino o a Tony.

Le hubiera gustado volver a ver a sus amigos. Pero nunca había tenido amigos de verdad. No era culpa suya. Todos eran diferentes a él.

No obstante, era escrupuloso. Había seguido la regla. No por miedo, como la mayoría de ellos, sino porque comprendía que era indispensable.

Irónicamente, era a él a quien su madre observaba siempre como con recelo, como con sospecha. También aquella noche. Sobre todo aquella noche.

Flushing Avenue, con sus luces, no estaba lejos. Antes de llegar a la avenida un policía se volvió para mirarle. Era un hombre de mediana edad. Eddie, que no le reconoció, estaba seguro de que el policía le conocía.

Llegó a la arteria brillantemente iluminada, con sus bares, sus restaurantes, sus cines, sus tiendas aún abiertas, con parejas que deambulaban por las aceras, grupos de soldados y marineros con chicas, que iban a hacerse fotografiar por aparatos automáticos, comer perritos calientes o tirar al blanco.

Se había propuesto volver enseguida al Saint George y acostarse. No podía irse aquella noche. Necesitaba reposo. Además, sólo le quedaban unos doscientos dólares en el bolsillo, y tenía que cobrar un cheque. Había conservado una cuenta corriente en un banco de Brooklyn. Tenía otras en distintos bancos, cuatro o cinco, era algo necesario para sus operaciones.

Alice y las niñas estarían durmiendo, y de pronto tuvo la impresión de que estaban muy lejos, y que corría el peligro de no volver a verlas, de no regresar a su casa, a aquella vida que había organizado de un modo tan paciente y minucioso. Sintió pánico. Sintió unas ganas locas de volver inmediatamente allí, despreocupándose de Tony, de Sid Kubik, de Phil y de todos los demás. Se rebelaba. No tenían ningún derecho a arrancarle así de su vida.

La avenida había cambiado tan poco que era alucinante. Sobre todo los olores, cada vez que se acercaba a un mostrador de perritos calientes o a un restaurante. Y los ruidos, las músicas que salían de los locales de diversión.

En aquel mismo lugar había tenido la edad de esos soldados que se reían dando empujones a los viandantes, de esos jóvenes que, con el cigarrillo en los labios y las manos metidas en los bolsillos, pasaban delante de los escaparates con un aire misterioso.

Un coche se acercó el bordillo, dirigiéndose hacia él, y creyó reconocer una cara, se alargó un brazo, una mano se agitó asomándose por la portezuela, y el coche se detuvo.

Era Bill, a quien llamaban Bill *el Polaco*, con dos chicas a su lado en los asientos delanteros, y detrás, en la penumbra, otra chica y un hombre al que Rico no conocía. Bill no bajó del coche.

—¿Qué haces por aquí?

—Estaba de paso y he venido a ver a mi madre.

El Polaco se volvió hacia las mujeres y explicó:

—Es el hermano de Tony —y luego, dirigiéndose a él—: ¿Hace mucho que has llegado? Te hacía en algún lugar del Sur, en Luisiana, ¿no?

—En Florida.

—Eso, en Florida. ¿Te va bien por allí?

A Eddie no le gustaba Bill. Éste trataba de darse importancia. Alborotaba, era pendenciero, siempre rodeado de mujeres ante las que presumía. ¿Qué puesto ocupaba en la organización? Seguramente uno que no era de primer orden. Traficaba en la zona de los muelles, se ocupaba de los sindicatos. Eddie sospechaba que prestaba dinero a los cargadores de semana en semana, y que les compraba mercancías robadas.

—¿Vienes con nosotros a tomar una copa?

Le invitaba con desgana. Bill se había detenido por curiosidad, y había dejado en marcha el motor.

—Vamos a Manhattan. Un local en un sótano, hacia la calle Veinte, donde las mujeres bailan en cueros.

—Gracias. Prefiero acostarme.

—Como quieras. ¿Sabes algo de Tony?

—No.

Aquí terminó la conversación con Bill. El coche se alejaba por el asfalto, y el Polaco debía de hablar de él a sus compañeras y al hombre que iba sentado en la parte trasera. ¿Qué les estaría diciendo?

Eddie raras veces necesitaba a otros. Sus desalientos no eran frecuentes. Sin embargo, aquella noche, a pesar de su decisión, no se resignaba a ir a acostarse. Tenía ganas de hablar con alguien que le manifestase simpatía, y que también pudiera inspirársela.

Volvieron a su memoria caras que hubiese podido volver a ver empujando la puerta de algunos de los bares y de los restaurantes de la avenida. Ninguna le convencía. Ninguna respondía a lo que él buscaba.

Sólo al notar un olor a cocina con ajo pensó en Pep Fasoli, un hombretón que había sido compañero suyo en la escuela y que había montado una fondita en la que se podía comer de día y de noche. Era un cuchitril, una especie de pasillo estrecho sin ensanchamientos, con un mostrador y unas cuantas mesas separadas por tabiques; allí servían espaguetis, perritos calientes y hamburguesas.

A veces, en Florida, cuando comía espaguetis con Alice en un restaurante italiano, decía a su mujer, con una pizca de nostalgia, que no podían compararse con los de Fasoli.

Sintió hambre y entró. Detrás del mostrador, dos cocineros con algún mandil manchado trabajaban delante de los fogones eléctricos. Unas camareras con uniforme negro y delantal blanco iban y venían con el lápiz detrás de la oreja. Parecía que después de tomar nota se clavaban el lápiz entre los cabellos como un peine.

La mitad de las mesas estaban ocupadas. Un fonógrafo automático tocaba algo sentimental. Allí estaba Pep, también vestido de cocinero, más bajo y más gordo de lo que recordaba. Sin duda reconoció a Eddie cuando éste se sentó en uno de los taburetes, pero no se precipitó hacia él tendiéndole la mano. ¿Había vacilado antes de acercársele?

—Sabía que estabas en el barrio, pero no estaba seguro de que vinieras a verme.

Pep solía ser expansivo.

—¿Cómo te has enterado de que estaba en Brooklyn?

—Te han visto entrar en casa de tu madre.

Eso le inquietó. En la calle había vuelto la cabeza varias veces para asegurarse de que no le seguían; no había visto a nadie. La calle estaba desierta cuando salió de la casa.

—¿Quién?

Pep hizo un vago ademán.

—¡Hombre! ¿Cómo voy a acordarme? Pasa tanta gente por aquí...

No era verdad. Pep sabía quién le había hablado de él. ¿Por qué no quería decírselo?

—¿Unos espaguetis especiales?

Le trataba como a un cliente más. Estuvo a punto de decir que no, que ya había cenado. No se atrevió. Aquello era como el chianti de su madre. Su antiguo amigo podría ofenderse.

Afirmó con la cabeza, y Pep se volvió para encargar los espaguetis a uno de los dos cocineros.

—No tienes buena cara.

¿Lo hacía adrede? Eddie ya era demasiado propenso a inquietarse por su salud. Delante de él la pared estaba cubierta de espejos en los que se anunciaban con tiza los platos del día. A causa del vaho de los hornos el espejo ante el que se encontraba estaba empañado, y era probablemente un mal espejo. Eddie veía en él una cara más pálida que de costumbre, ojeras, labios descoloridos.

Incluso le pareció que tenía la nariz un poco torcida, como su hermano Gino.

—¿Sabes algo de Tony?

Todo el mundo lo sabía. Todo el mundo estaba al corriente. Había como una conspiración. Y cuando le hacían aquella pregunta le miraban de forma intencionada, como si sospechasen que escondía algo vergonzoso.

—No me ha escrito.

—¡Ah!

Pep no insistió, fue hacia la caja registradora y la hizo funcionar.

—¿Vuelves a tu casa? —le preguntó un poco después, desganadamente, como si la respuesta no le interesase.

—Aún no sé cuándo.

Le sirvieron sus espaguetis con una salsa muy fuerte cuyo olor le dio náuseas. Ya no tenía hambre, tuvo que hacer un esfuerzo para comer.

—¿Un café expreso?

—Bueno.

En la otra puerta del mostrador dos jóvenes le miraban con insistencia, y Eddie tenía el convencimiento de que hablaban de él. Para ellos era un personaje importante. Eran novatos, en los escalones más bajos de la jerarquía, de esos a los que se da de vez en cuando un billete de cinco dólares por algún pequeño encargo.

Antes le hubiera complacido que le miraran de aquella forma. Ahora se sentía incómodo. Tampoco le gustaba la manera como Pep iba de vez en cuando a rondar en torno a él. En cualquier caso, Pep era lo que más podía parecerse a un amigo. Eddie hasta le había hecho confidencias, una noche, bajo la luna, mientras andaban interminablemente por las calles, cuando tenían dieciséis o diecisiete años. Precisamente le habló de la regla, de su necesidad, de la estupidez y del peligro que significaba apartarse de ella.

—¿No están buenos?

—Muy buenos.

Y Eddie se esforzaba por comer todo el plato de espaguetis, que tenían un regusto de grasa quemada, con demasiado ajo. No hubiera tenido que ir al restaurante de Fasoli. No hubiera tenido que ir a casa de su madre.

¿Qué hubiera pasado si hubiese vuelto a Santa Clara y telefoneado sin más a Sid Kubik diciéndole que no había encontrado la pista de su hermano? Era demasiado escrupuloso.

—¿Qué te debo?

—Olvídalo.

—No, no. Te pago.

Le dejó que pagara. Era la primera vez. También a causa de aquel detalle se sintió más extraño en el lugar.

Lo que no acababa de ver con claridad era si los otros le rechazaban o si era él quien se ponía aparte. Su hotel no estaba muy lejos, a dos bocacalles. Decidió ir a acostarse sin más demora, y sin embargo aún entró en un bar. Se acordaba vagamente del camarero de tiempo atrás, con el que hasta había llegado a jugar una partida de dados. El camarero era otro. El dueño también. El mostrador era oscuro, las paredes recubiertas de maderas color marrón, con grabados de carreras de caballos y fotos de jockeys y de boxeadores. Algunas de aquellas fotos eran antiguas; reconoció a dos o tres boxeadores que tiempo atrás había lanzado el viejo Mossie, porque Mossie empezó llevando un gimnasio.

Señaló una espita de cerveza.

—Una media.

No conocía al que se la sirvió. Tampoco al hombre que bebía whisky a su lado, y que ya estaba borracho. Ni la pareja sentada al fondo de la sala, que se entregaba al máximo de placer que era posible tener en público.

Estuvo a punto de volver a telefonear a Alice.

—Lo mismo —cambió de opinión—: No, un whisky.

Tenía una súbita sed de alcohol, y sabía que hacía mal al ceder a ella. Le ocurría pocas veces. Hay personas a las que les sienta bien. A él la bebida le volvía triste y receloso. Eran las dos de la madrugada y se caía de sueño. Se empeñaba en seguir acodado en aquel bar, donde ni siquiera el borracho le dirigía la palabra.

—Otro.

Tomó cuatro whiskys. También aquí tenía delante un espejo en el que se miraba y en el que se veía desmejorado. La barba le había crecido ensuciando las mejillas y el mentón. Crecía aprisa. En algún sitio había leído que crece más aprisa en la cara de los muertos que en la de los vivos.

Cuando por fin volvió a su hotel andaba titubeante, y cada vez que oía pasos a sus espaldas creía que era alguien a quien Phil había encargado que le siguiera. En un ángulo del vestíbulo, en el que la mayoría de las luces estaban apagadas, había dos hombres sentados que conversaban a media voz y que levantaron la cabeza para mirarle cuando se dirigía hacia el ascensor. ¿Le estaban vigilando? No les reconoció, pero eran millares los que él no conocía, y que en cambio le conocían, porque él era Eddie Rico.

Estuvo a punto de ir a plantarse ante ellos y decirles: «Soy Eddie Rico. ¿Queréis algo de mí?».

El ascensorista le avisó:

—Cuidado con el escalón.

—Gracias, chico.

Durmió mal, se levantó dos veces para beber grandes vasos de agua, se despertó de mal humor, con jaqueca. Desde su habitación telefoneó a la compañía aérea.

—Sí, El Centro, en California, lo antes posible.

Había un vuelo a las doce del mediodía. Ya no había pasajes.

—Está todo vendido para tres días. Pero si viene usted media hora antes del despegue, hay muchas posibilidades de que tenga pasaje. Siempre hay alguna devolución en el último momento.

Fuera brillaba el sol, un sol más pálido, más delicado que en Florida, con un vaho transparente en el cielo.

Se hizo subir un desayuno del que sólo comió unos bocados, y llamó para que trajesen una segunda cafetera. Luego telefoneó a Alice, que a aquella hora debía de estar ocupada arreglando las habitaciones con Loïs, la negrita, que hacía las camas, y Babe, que las seguía tocándolo todo.

—¿Eres tú? ¿Todo bien en casa?

—Todo bien.

—¿No ha habido llamadas?

—No. Esta mañana Babe se ha quemado un dedo al tocar la sartén, pero no ha sido nada. Ni siquiera ha llorado. ¿Has visto a tu madre?

—Sí.

No sabía qué decirle, le preguntó qué tiempo hacía, si ya habían llevado las nuevas cortinas del comedor.

—¿Te encuentras bien? —se inquietó su mujer.

—Claro que sí.

—Pareces acatarrado.

—No. Bueno, no sé.

—¿Estás en el hotel?

—Sí.

—¿Has visto a algunos amigos?

Sin saber por qué, respondió:

—A algunos.

—¿Vas a volver pronto?

—Primero tengo algo que hacer. En otro sitio.

Casi estuvo al borde de confesarle que iba a El Centro. Era peligroso. Se detuvo a tiempo. Pero si ocurría algo en su casa, por ejemplo a una de sus hijas, no sabrían dónde llamarle.

—¿Quieres colgar para que siga con la línea de Santa Clara? Necesito hablar con Angelo.

No hubo ninguna dificultad.

—¿Es usted, jefe?

—¿Nada nuevo en la tienda?

—Nada especial. Esta mañana han empezado a trabajar los pintores.

—¿Y Joe?

—Bien.

La respuesta carecía de entusiasmo.

—¿Difícil?

—Miss Van Ness le ha parado los pies.

—¿La ha molestado?

Probablemente Joe era el primero que faltaba al respeto a miss Van Ness.

—Le ha pegado un bofetón del que se acordará mientras viva.

—¿Ha intentado salir?

—La primera noche estuve jugando a las cartas con él hasta las tres de la madrugada, y después cerré la puerta con llave.

—¿Y después?

—Anoche vi que estaba muy inquieto y que iba a saltar por la ventana. Entonces telefoneé a Bepo.

Un hombrecillo que siempre iba mugriento y que tenía una casa de citas en la carretera, a igual distancia de Santa Clara y de la población vecina.

—Envió lo que necesitaba. Han vaciado toda una botella de whisky. Esta mañana está hecho cisco.

A las once y media Eddie estaba de nuevo en La Guardia, con su maleta, cerca de la ventanilla. Le habían prometido el primer pasaje disponible. Espiaba a las personas que había a su alrededor, buscando una cara conocida, alguien que pareciera pertenecer a la organización.

Había pasado por el banco para retirar mil dólares. Le faltaba aplomo cuando sabía que no llevaba dinero en el bolsillo. Su talonario de cheques no le bastaba. Necesitaba billetes.

En el aeropuerto no dio su verdadero nombre a la empleada de la ventanilla, sino el primer apellido que le pasó por la cabeza: Philippe Agostini. De modo que cuando le llamaron estuvo unos segundos sin responder, olvidando que era él.

—Ciento sesenta y dos dólares... Ahora le preparo el billete. ¿Lleva equipaje? Por favor, pase por la báscula.

Le parecía imposible que le dejaran irse sin que de una u otra forma trataran de averiguar adónde se dirigía. Volvía la cabeza sin cesar, escrutaba las caras. Nadie parecía preocuparse de él.

Incluso aquello, la falta de vigilancia, terminó por angustiarle.

El altavoz rogaba a los pasajeros de su avión que se dirigieran a la puerta número 12. Allí coincidió con una veintena de personas. Sólo entonces, en el momento en que tendía su billete, sintió dos ojos pardos fijos en él. Porque los sintió literalmente antes de verlos, hasta el punto de que dudó antes de volver la cabeza.

Era un muchacho de dieciséis o diecisiete años, de cabello oscuro y reluciente, piel de color mate, seguramente un italiano, apoyado en un tabique, que le miraba con aire burlón.

Eddie no le conocía, no podía reconocerle puesto que era un bebé cuando él se fue de Brooklyn. Había debido de conocer a sus padres, porque sus rasgos y su expresión le eran familiares.

Se le ocurrió la idea de dar media vuelta y tomar otro avión, en cualquier dirección con tal de que fuese distinta. No serviría de nada: fuera adonde fuese siempre habría alguien esperándole en el aeropuerto.

Además, había la posibilidad de bajar a medio camino. ¿Iban a tomarse la molestia de vigilar todas las escalas?

—¿Qué espera usted para pasar?

—Perdone.

Siguió avanzando con los demás. El joven se quedó allí, con un cigarrillo sin encender pegado al labio inferior, igual que Gino.

El avión despegó. Luego, a una media hora de los rascacielos de Nueva York, que habían sobrevolado a poca altura, la azafata les sirvió el almuerzo. En Washington no se le pasó por la cabeza la idea de interrumpir el viaje. Había trabajado allí. Entre el gentío que había detrás de las vallas de las pistas hubiese sido incapaz de reconocer a alguien encargado de seguirle.

Se durmió. Al despertarse la azafata ofrecía té, y se tomó una taza que le revolvió el estómago.

—¿Cuándo llegamos a Nashville?

—Dentro de unas dos horas.

Volaban muy alto, mucho más arriba de una masa luminosa de nubes con un desgarrón por el que se divisaba a veces el verde de la llanura y el blanco de las granjas.

Había pasado muchas veces por Nashville, siempre los pocos minutos de la escala, a veces en tren, a veces en avión, sin salir nunca de la estación o del aeropuerto.

Allí no había nadie de la organización. Era una ciudad tranquila en la que no había mucho que hacer, y que se abandonaba a los chantajistas locales.

¿Por qué no bajar? Allí encontraría trenes y aviones en todas direcciones. Y luego ¿qué iba a hacer? Los grandes jefes ahora ya sabían que había tomado pasaje para El Centro. Le esperarían allí. Tanto si llegaba en aquel avión como en otro, no había manera de despistarles.

¿Qué explicación iba a dar?

Eran tan astutos como él, infinitamente más poderosos que él. Eddie nunca había intentado engañarles. Era su fuerza. A causa de ello había llegado a su posición actual. A los dieciséis años, cuando la mayoría presumen de matones, ¿acaso él no hablaba ya de la regla paseándose al claro de la luna con Fasoli?

Se sorprendió a sí mismo echando todas las culpas a Tony, porque en resumidas cuentas era él quien le había puesto en aquel apuro. Eddie siempre había estado convencido de que quería a sus hermanos, a Tony aún más que a Gino, porque se sentía menos diferente de él.

Pero también quería mucho a su madre, y el día anterior no había sentido absolutamente nada hablando con ella. Entre ellos no había habido ni una sombra de afecto. Casi la había detestado por la forma inquisitiva con que le miraba.

Nunca se había sentido tan solo. Incluso Alice se hacía menos real. Apenas conseguía imaginársela en su casa, convencerse de que aquella casa era la suya, que todas las mañanas le despertaban los mirlos que brincaban sobre el césped, y luego los balbuceos de Babe.

¿De dónde era? En Brooklyn no se había sentido en su casa. Y sin embargo en Florida bastaba oír un nombre de allí para sentir nostalgia. Si desconfiaba de Boston Phil, si más bien sentía aversión por él era porque no había nacido en Brooklyn. Phil no había pasado su niñez en las mismas calles, de la misma forma, no había comido lo mismo que él, no había hablado el mismo lenguaje.

Porque, en resumen, se trataba de eso: Boston Phil era diferente, era de otro sitio.

Aunque hoy fuera uno de los grandes jefes, Sid Kubik estaba más cerca de él, e incluso el pelirrojo de Joe. Entonces, ¿por qué huía de ellos?

¿Por qué se aferraba a las imágenes de Florida?

Lo que más le inquietaba era que esos dos polos se habían vuelto inconsistentes, de manera que ya no podía apoyarse en nada.

Estaba completamente solo, en su avión, con la perspectiva de ser un extraño, si no un enemigo, allí donde aterrizase.

No bajó en Nashville. Y tampoco en Tulsa, ciudad de la que sólo vio las luces en medio de la noche. Renunciaba a reflexionar, aplazaba cualquier decisión para más tarde. El cielo era de un azul oscuro, sin contrastes, lleno de estrellas lejanas que parpadeaban irónicamente.

Durmió un poco. La luz del amanecer le despertó, cuando quince o veinte personas dormían aún a su alrededor. Una mujer que daba el pecho a un bebé le miró retadoramente. ¿Por qué? ¿Parecía ese tipo de hombre que mira furtivamente el pecho de las mujeres que amamantan?

Bajo el aparato se extendía una inmensa llanura roja de la que se elevaban montañas doradas, a veces con franjas de un blanco luminoso.

—¿Café? ¿Té?

Tomó café. En Tucson bajó del avión para subir a otro más pequeño que iba a El Centro, y puso en hora su reloj, que ya llevaba tres horas de diferencia con el del aeropuerto. La mayoría de los hombres llevaban sombreros de alas anchas y color claro, a lo vaquero, y pantalones ceñidos. Muchos parecían mexicanos.

—¡Qué tal, Eddie!

Se estremeció. Le habían dado una palmada en el hombro. Buscó en su memoria el nombre de quien le tendía la mano sonriéndole alegremente, pero no consiguió recordarlo. Le había conocido en algún sitio, no en Brooklyn, más bien en el Middle West, en Saint Louis o en Kansas City. Si no se equivocaba, por entonces era camarero en un club nocturno.

—¿Qué tal el viaje?

—No va mal.

—Me han dicho que pasarías por aquí y he venido a saludarte.

—Gracias.

—Vivo a quince kilómetros de aquí. Tengo un local con el que me defiendo. En esta tierra son terriblemente jugadores.

—¿Quién te ha dicho...?

Se arrepintió de haberlo mencionado. ¿Para qué hacer la pregunta?

—Pues ya no me acuerdo. Tú ya sabes cómo son los rumores. Anoche, durante una partida, alguien habló de ti y de tu hermano.

—¿Cuál?

—El que...

Entonces fue su interlocutor quien se mordió los labios. ¿Qué iba a decir? ¿«El que ha hecho tonterías»?

Encontró una fórmula:

—El que se ha casado hace poco.

Ahora recordaba su nombre: se llamaba Bob, y en Saint Louis había trabajado en el Liberty, que entonces pertenecía a Stieg.

—Es inútil que te invite al bar del aeropuerto. Sólo sirven sodas y café. He pensado que te gustaría que te trajera...

Y le puso en la mano una botella plana.

—Gracias.

No se la bebería. La botella estaba tibia por el calor de su compañero, pero era mejor no rechazarla.

—Parece que te van bien las cosas en Santa Clara, ¿no?

—No puedo quejarme.

—¿Y la policía?

—Correcta.

—Es lo que yo siempre les digo. Lo primero es...

Eddie ya no le escuchaba. Sacudía la cabeza en señal de aprobación. Fue un alivio cuando por fin llamaron a los pasajeros porque el nuevo avión iba a despegar.

—Me ha encantado saludarte. Si vuelves a pasar por aquí no dejes de ir a verme.

Ya sólo quedaban dos escalas: Phoenix y Yuma. Luego, cuando el avión volviese a descender lo haría sobre las pistas de El Centro. La mano de Bob estaba húmeda de sudor. Seguía sonriendo. Sin ningún género de dudas, unos instantes después iba a precipitarse hacia el teléfono.

—¡Buena suerte!

Durante casi todo el tiempo sobrevolaron el desierto. Luego, sin transición, trazando tajantemente una frontera, había campos surcados por canales, con casas de color claro, todas orientadas en la misma dirección.

Desde la altura seguían una amplia carretera en la que los camiones avanzaban en fila india, llevando incesantemente cajas de verduras a la ciudad. También circulaban por otras carreteras más estrechas que iban a buscar la arteria principal, y el movimiento recordaba el de un hormiguero, con vehículos vacíos que iban en dirección contraria.

Eddie hubiera preferido que el aparato no aterrizase, que siguiese su camino hacia el Pacífico, que no estaba más que a una hora de vuelo. ABRÓCHENSE LOS CINTURONES ordenó el letrero luminoso.

Se lo ajustó, y cinco minutos después, cuando las ruedas entraron en contacto con el asfalto de la pista, ya lo estaba desabrochando. No vio ninguna cara conocida. Nadie le dio una palmada en el hombro. Había mujeres, hombres que esperaban a alguien o que iban a enlazar con otro vuelo. Parejas que se besaban. Un padre se dirigía hacia la salida llevando dos niños de la mano, mientras su mujer trotaba a sus espaldas y trataba en vano de hablarle.

—¿Mozo, señor?

Abandonó su maleta al negro.

—¿Taxi?

Hacía más calor que en Florida, un calor distinto, como más brillante, y el sol quemaba los ojos.

Cogió el primer taxi que encontró, y durante todo ese tiempo se esforzó por parecer tranquilo, indiferente, pues tenía la seguridad de que le estaban observando.

—Al hotel.

—¿A cuál?

—Al mejor.

El coche arrancó, y él cerró los ojos suspirando.

6

Aquella noche tuvo el sueño más deprimente de su vida. Pocas veces sufría pesadillas. En esos casos, muy de tarde en tarde, casi siempre era la misma: se despertaba sin saber dónde estaba, rodeado de gente a la que no conocía y que no le prestaba atención. A eso lo llamaba para sí mismo el sueño del hombre perdido. Porque, desde luego, jamás hablaba de ello a nadie.

Aquel sueño no tenía ninguna relación con los otros. De pronto se sintió muy cansado al llegar al hotel. Le parecía que todo el sol del desierto se le había metido en los poros, y sin esperar a la noche, sin siquiera bajar para la cena, se acostó. El hotel El Presidio, adonde le condujeron, «el mejor», había afirmado el taxista, era de estilo vagamente moruno. Todo el centro de la ciudad parecía datar de la época de los españoles, y las casas estaban recubiertas de un enlucido amarillo ocre, quemado y requemado por el sol.

Los menores ruidos de la calle principal llegaban hasta su habitación, pocas veces había visto una calle tan ruidosa, ni siquiera en Nueva York. Sin embargo, se zambulló casi inmediatamente en el sueño. Tal vez tuvo otros sueños, ya que su cuerpo seguía participando del movimiento del avión. También debió de soñar con el avión, pero este sueño se diluyó, y al despertar no se acordaba de él. Por el contrario, iba a acordarse hasta de los menores detalles del sueño de Tony. Aquel sueño tenía además una particularidad: era en color, como algunas películas, excepto en lo concerniente a dos personajes, Tony y su padre, que eran en blanco y negro.

Al comienzo, pasaba sin duda alguna en Santa Clara, en su casa, a la que había puesto el nombre de Sea Breeze. Por la mañana salía en pijama para recoger el correo en su buzón, al borde de la acera. En la realidad no sucedía casi nunca que saliese a la calle sin vestirse. Tal vez lo había hecho dos o tres veces, mañanas en las que se había levantado tarde, y siempre se había puesto un batín.

En su sueño había algo muy importante en su buzón. Era ineludible que fuese a recogerlo enseguida. Alice estaba de acuerdo. Incluso le había dicho en un murmullo: «Tendrías que llevarte el revólver».

Sin embargo no lo había cogido. Lo importante era su hermano Tony, que estaba dentro del buzón.

Lo extraño es que en aquel momento se daba perfecta cuenta de que era imposible, y que debía de estar soñando. En efecto, el buzón de metal plateado, que llevaba pintado su nombre, como todos los buzones norteamericanos no era mucho mayor que una revista ilustrada. Además, al principio tampoco era a Tony lo que veía, sino una muñeca de caucho gris que reconoció porque la había robado, cuando tenía cuatro o cinco años, a una niña de la vecindad. La había robado de veras. Sólo se había apoderado de ella por el hecho de robar, ya que no tenía ningún interés por tenerla, y durante mucho tiempo la guardó en un cajón de su cuarto. Es posible que su madre aún la guardase en el baúl en el que conservaba los juguetes de sus tres hijos.

Es decir, que hasta en su sueño sabía de qué se trataba. Hubiera podido decir el nombre de la niña. No cometió aquel robo por placer, sino por cometer un robo, porque juzgaba que era necesario.

Después había un salto. Sin transición, la muñeca ya no era una muñeca, sino su hermano Tony, y eso a él no le sorprendía lo más mínimo. Parecía saberlo por anticipado.

Tony era exactamente de la misma materia esponjosa que la muñeca, del mismo gris apagado, y era evidente que estaba muerto. «¡Tú me has matado!», decía sonriendo.

No estaba enfadado. Ni resentido. Hablaba sin abrir la boca. En realidad no hablaba. No se oían sonidos, como en la vida, y sin embargo Eddie no dejaba de oír las palabras. «Perdóname», respondía. «Entra.»

Entonces comprobaba que su hermano no estaba solo. Se había llevado a su padre como testigo. Y su padre era del mismo material fofo, y lucía también una sonrisa muy amable.

Eddie le hacía preguntas interesándose por él, y su padre meneaba la cabeza sin contestar. Tony decía: «Ya sabes que está sordo».

Probablemente esto era lo más inquietante en aquel sueño. Se daba cuenta de que era un sueño, y no dejaba de hacer reflexiones lúcidas.

Su madre nunca les dijo que su padre fuese duro de oído, ni tampoco nadie del barrio. ¿Es que nadie se había dado cuenta? Pero ahora Eddie estaba casi seguro de haber hecho un descubrimiento. De su padre había conservado la imagen de un hombre tranquilo, con la cabeza inclinada sobre el hombro, y que sonreía con una curiosa sonrisa interior. No hablaba casi nunca, hacía su trabajo de la mañana a la noche con una paciencia incansable, como si fuera su destino, como si nunca se le hubiese ocurrido la idea de que podía hacer otra cosa.

Sin duda su madre le hubiera objetado que era un recuerdo de niñez, que su marido no era diferente de los demás, pero estaba convencido de ser él quien tenía razón.

Cesare Rico vivía en un mundo aparte, y después de tantos años era un sueño lo que daba la explicación a su hijo: era sordo.

«Entremos...», decía Eddie, que se sentía incómodo con su pijama.

En aquel momento cambiaba el decorado. Los tres entraban en algún lugar, pero no era la casa blanca de Santa Clara. Cuando estuvieron en el interior, resultó ser la cocina de Brooklyn, donde la abuela estaba sentada en su sillón y había chianti sobre la mesa.

«No te guardo rencor», decía Tony. «Pero es una lástima.»

Se le ocurrió ofrecerle algo de beber. Era costumbre de la casa ofrecer un vaso de vino al visitante. Se acordó a tiempo de que Tony y su padre habían muerto, y que no debían de tener la posibilidad de beber.

«Sentaos.» «Ya sabes que padre no se sienta nunca.»

Cuando vivía, pocas veces se le podía ver sentado, sólo para comer, pero en el sueño era más importante, lo que estaba en juego era su dignidad, el papel que representaba. No tenía que sentarse. Era una cuestión de ser quien era.

«¿Qué esperamos para empezar?», preguntó una nueva voz.

Era su madre. Estaba sentada y golpeaba la mesa con una cuchara para atraer la atención.

«¡Eddie ha matado a su hermano!», decía con voz enérgica.

Y Tony murmuraba: «Lo peor es que eso hace daño».

Había rejuvenecido. Sus cabellos estaban más rizados que en los últimos tiempos, con un rizo sobre la frente, como cuando tenía diez años. ¿Volvía a tener diez años? Era muy guapo. Siempre había sido el más guapo de los tres, ahora Eddie se daba cuenta. Incluso con aquel gris apagado, incluso de aquella sustancia blanduzca que ahora era la suya, seguía siendo atractivo.

Eddie no intentaba protestar. Sabía que lo que decían era verdad. Hacía un esfuerzo por recordar cómo había sucedido todo, pero no lo conseguía.

No podía hacer la pregunta. Hubiese sido una inconveniencia preguntar cómo le había matado.

Y sin embargo éste era el punto crucial. Mientras no lo supiese no podría decirles nada. Tenía mucho calor, sentía el sudor chorreándole por la frente e introducirse entre sus párpados. Se metió la mano en el bolsillo para coger el pañuelo, y lo que sacó fue una petaca de whisky.

«¡Aquí tenéis la prueba!», dijo su madre triunfalmente.

Él balbuceó: «Ni lo he probado».

Quiso hacerle ver que la botella estaba llena como cuando el tipo aquel de Tucson se la había puesto en la mano, pero no consiguió desenroscar el tapón. Su abuela le miraba con ironía. Ella también era sorda. Tal vez fuese algo de familia, es posible que él también acabase por ser sordo.

«¡Es a causa de la norma!»

Tony asintió. Él estaba más bien de su parte. Su padre también. Pero todo el resto, la multitud, todos estaban contra él. Porque había un gentío. La calle estaba llena de gente, como en un día de protestas populares. Todos se empujaban para intentar ver. Decían: «¡Ha matado a su hermano!».

Él se esforzaba por hablarles, por explicarles que Tony estaba de acuerdo con él, y también su padre, pero de su boca no salía el menor sonido. Boston Phil se reía sarcásticamente. Sid Kubik dijo entre dientes: «He hecho todo lo posible porque tiempo atrás tu madre me salvó la vida, pero no puedo hacer nada más».

Lo terrible es que aseguraban que era un mentiroso, que Tony no estaba allí. Y al mirar a su alrededor él tampoco le vio.

«Tony, diles que...»

Su padre tampoco estaba allí, y los demás, amenazadores, comenzaron a desaparecer, a fundirse, dejándole completamente solo. Ya no había ni calle ni cocina, sólo el vacío, un inmenso lugar vacío en medio del cual levantaba los brazos pidiendo socorro.

Se despertó inundado en sudor. Estaba amaneciendo. Pensó que quizá no había dormido más que unos minutos, pero cuando fue hacia la ventana vio que la calle estaba vacía, que la luz era la del amanecer. Fue a beber un vaso de agua helada, y como hacía mucho calor puso en funcionamiento el aparato de aire acondicionado.

Le apetecía una taza de café cargado y telefoneó a recepción. Le respondieron que los camareros no llegaban hasta las siete. Eran las cinco. No tuvo ánimos para volver a acostarse. Estuvo a punto de llamar a su mujer por teléfono, para tranquilizarla. Pero pensó que la asustaría despertándola a aquellas horas. Sólo cuando ya estuvo en la calle se dio cuenta de que había sido estúpido, porque había tres horas de diferencia con Florida. Allí las mayores ya estaban camino de la escuela, y Alice estaría desayunando.

En el vestíbulo del hotel nadie parecía espiarle. El recepcionista le vio salir con cierta sorpresa. Nadie le siguió mientras anduvo por la calle principal, donde había soportales a lo largo de las aceras.

Los bares, restaurantes y cafeterías eran incontables, pero tardó más de media hora antes de encontrar un lugar abierto. Era un local barato del tipo del que tenía Fasoli, con el mismo mostrador, los mismos fogones eléctricos, el mismo olor.

—Un café solo.

Estaba solo con el dueño, que aún parecía amodorrado. Tras él, junto el tabique se alineaban cuatro máquinas tragaperras.

—¿No dice nada la policía?

—Cada seis meses se las llevan.

Ya conocía el asunto. Una redada de vez en cuando calmaba a las ligas de la moralidad. Se suponía que las máquinas se destruían. Unas semanas después reaparecían en otros establecimientos.

—¿Cómo van las cosas?

—A todo gas.

—¿Se juega?

—Hay *crap games* en casi todos los bares. ¡La gente no sabe qué hacer con el dinero!

El café le devolvió los ánimos, y pidió huevos con tocino. Se iba calmando lentamente, volvía a sentirse él mismo. El dueño había comprendido que era un hombre con el que se podía hablar.

—El Centro está en pleno auge. Falta mano de obra. Llega gente de todas partes, y tienen que comprar o alquilar caravanas porque no saben dónde meterles. Y sobre todo vienen tipos que trabajan en la recolección de verduras, hasta doce o trece horas al día. Se contrata a toda la familia: el padre, la madre, los hijos. Es un trabajo duro, porque el sol pega fuerte, pero no hace falta tener mucho cerebro. A pesar de eso no llegan a tener suficientes brazos, y hay que ir a buscar obreros clandestinos a México. La frontera sólo está a quince kilómetros.

¿Acaso Eddie iba a pronunciar el nombre? Porque había recordado el nombre del hijo de Josephina. Se había acordado en el avión, cuando no era consciente de estar pensando en aquello. Quizás hubiese preferido no recordarlo. Sabía que era un apellido que parecía un nombre de pila de mujer.

Tenía los ojos cerrados y estaba amodorrado cuando las sílabas parecieron escribirse en su cabeza: «Felici».

Marco Felici. En la cafetería estaban solos el dueño y él. Unos pocos coches empezaban a pasar por la calle. Un poco más lejos había unos mecánicos trabajando en un garaje.

—¿Conoce a un tal Marco Felici?

—¿A qué se dedica?

—Primicias.

El hombre se limitó a señalarle, sobre una repisa, cerca de un aparato de pared, el listín telefónico.

—Seguro que lo encuentra ahí.

Hojeó el libro, y no encontró lo que buscaba en El Centro, sino en un pueblecillo de los alrededores que se llamaba Aconda.

—¿Está lejos?

—A unos nueve o diez kilómetros en dirección al canal grande.

Uno de los mecánicos del garaje entró para almorzar, y luego una mujer que parecía no haber dormido, y que llevaba corrido el maquillaje. Pagó, salió a la calle y se quedó en la acera sin saber qué hacer.

Le hubiera desconcertado menos de haber visto a alguien vigilándole. Le parecía imposible que no hubiera nadie. ¿Por qué le dejaban ir y venir sin preocuparse de lo que hacía?

De pronto le asaltó una idea: le llevaban más de un día de ventaja. En efecto, desde que salió de Nueva York sabían que iba a El Centro. Sin ninguna duda aquí había alguien con quien podían contar para seguir el rastro de Tony.

No sabían lo de la pista Felici, pero esto no era indispensable: Tony tenía un camión, iba acompañado de una joven, habría tenido que alojarse en algún motel o en un cámping de caravanas.

No era seguro. No era más que una posibilidad. ¿Qué había ocurrido si le habían encontrado?

¿Esperaban a saber lo que él, Eddie, iba a hacer? ¿No sospechaba Phil que quería engañarle?

Volvió al hotel para dejar la chaqueta, porque aquí nadie la llevaba. Dos o tres veces tocó el auricular. Su sueño le obsesionaba, dejándole un vacío desagradable en todo el cuerpo.

Por fin descolgó y pidió que le pusieran con el Hotel Excelsior de Miami. Tardaron cerca de diez minutos, durante los cuales el auricular se fue calentando en su mano.

—Quisiera hablar con mister Kubik.

Dio el número de la *suite*.

—Mister Kubik ya no está en el hotel.

Iba a colgar.

—Pero su amigo, mister Philippe, no se ha ido. ¿Se lo paso? ¿De parte de quién?

Masculló su nombre y no tardó en oír la voz de Boston Phil.

—¿Te he despertado?

—No. ¿Le has encontrado?

—Todavía no. Estoy en El Centro. No tengo la seguridad de que esté en esta zona, pero...

—Pero ¿qué?

—Se me ha ocurrido una cosa. Supón que el FBI, que también le busca, me esté siguiendo.

—¿Has visto al suegro?

—Sí.

—¿Has ido a Brooklyn?

—Sí.

O sea que había estado en lugares donde la policía le había podido ver y hacerle seguir.

—Dame tu número de teléfono. No hagas nada hasta que yo te llame.

—Muy bien.

Leyó el número en el aparato.

—¿No has visto a nadie sospechoso?

—Me parece que no.

Sin duda Phil iba a hacer la pregunta a Kubik o a otro de los grandes jefes. Después de la declaración de Pieter Malaks la policía debía de tener muchas ganas de echarle el guante a Tony. Las idas y venidas de su hermano Eddie es muy probable que no pasaran inadvertidas.

De momento lo único que podía hacer era esperar. Ni siquiera se atrevió a bajar al vestíbulo por miedo a que el botones no le localizara cuando Phil le telefonease. Por el mismo motivo no llamó a Alice. Podrían llamarle cuando estuviera hablando. Phil creería que lo hacía a propósito. Eddie estaba convencido de que sospechaban que quería traicionarles. Era una idea imprecisa, pero pensaba en ello desde Miami.

Su hermano Gino tal vez estaba en la población. Iba a San Diego. No hacía el viaje en avión, sino en autocar. Eso llevaba varios días. Calculando aproximadamente, Eddie llegó a la conclusión de que su hermano había pasado por El Centro el día anterior, o llegaba aquel mismo día.

Le hubiera gustado verle. Pero tal vez era mejor que no se vieran. No podía prever las reacciones de Gino.

Eran demasiado diferentes el uno del otro. Iba y venía por la habitación, se impacientaba.

—¿Todavía no hay ninguna llamada para mí, señorita?

—Nada.

Sin embargo, Sid Kubik estaba en Florida. En aquella época del año solía pasar allí varias semanas. En el Este llevaban unas horas de adelanto. ¿Habría salido en coche? ¿Estaría bañándose en alguna playa?

¿O no se atrevía a cargar él solo con la responsabilidad de una decisión? En este caso telefonearía a su vez a Nueva York, y quizás a Chicago.

El asunto era grave. Con un testigo como Tony, si realmente Tony estaba decidido a hablar, la organización entera estaba amenazada. Vince Vettori era demasiado importante para que dejaran que alguien le acusase.

Ya hacía años que el fiscal del distrito se obstinaba en encontrar un testigo. Por dos veces había estado a punto de lograrlo. Incluso una vez, con el pequeño Charlie —que también hacía de chófer—, llegó a estar muy cerca del triunfo. Detuvieron a Charlie. Por precaución, no le encerraron en los *Tombs*, donde un preso hubiera podido hacerle callar definitivamente. Eso ya había sucedido. Albert *el Tuerto*, cinco años antes, fue estrangulado durante el paseo, sin que los guardianes se dieran cuenta. Así que condujeron a Charlie, con gran secreto, al piso de uno de los policías, donde, día y noche, había cuatro o cinco hombres custodiándole. Pero también acabaron con él. Una bala disparada desde un tejado de enfrente mató a Charlie en el dormitorio del policía.

Era normal que se defendieran. Eddie lo comprendía. Incluso tratándose de su hermano.

Y también se daba cuenta de que era muy complicado. La policía de Brooklyn no podía actuar aquí, en California. En cuanto al FBI, en principio no tenía ningún derecho a intervenir a no ser que se tratara de un delito federal.

El asesinato de Carmine y el del vendedor de cigarros no lo eran. En estos crímenes sólo tenía jurisdicción el Estado de Nueva York. No sería así de haberse empleado un coche robado en otro Estado, por ejemplo. Pero los que habían organizado los dos asuntos eran demasiado listos para caer en eso.

Todo lo que los federales podían intentar, si echaban el guante a Tony, era tal vez acusarle de haber robado el camión y de habérselo llevado a California. Antes de que el viejo Malaks pudiese intervenir tal vez ya hubieran tenido tiempo de llevarse a Tony al Estado de Nueva York.

Había otras soluciones. Su mente trabajaba demasiado. Necesitaba que el timbre del teléfono le impidiera pensar.

Se estremeció cuando llamaron a la puerta, se acercó de puntillas y la abrió bruscamente. Sólo era la doncella, que preguntaba si podía hacer la habitación.

Desde luego, a veces pasa que molestan a un viajero que tarda demasiado en salir de su habitación. Pero también era posible que *ellos* quisieran asegurarse de que Eddie seguía allí.

Ahora *ellos* podía aludir tanto a los de la organización como a los policías, a los del FBI como a los del Estado.

Eddie había dormido cerca de catorce horas, pero no se sentía descansado. Hubiera necesitado unas horas de sosiego, no para pensar, como lo estaba haciendo, de una forma agitada, nerviosa, embrollando las ideas, sino para reflexionar con sangre fría, como tenía por costumbre.

Era curioso que hubiese soñado con su padre. Raras veces recordaba su imagen. Apenas llegó a conocerle. Sin embargo le parecía que había más puntos comunes entre él y Cesare Rico que entre sus hermanos y su padre.

Le recordaba sirviendo a los clientes de la tienda, siempre tranquilo, un poquitín solemne tal vez, pero no era solemnidad. Era una zona de calma que le envolvía.

Eddie también era tranquilo, pensaba las cosas él solo a lo largo de todo el día. ¿En alguna ocasión se había confiado a su mujer? Quizás una vez o dos, confidencias sin mucha importancia. Nunca a sus hermanos, ni a los que se suele llamar amigos.

Tampoco su padre se reía nunca, tan sólo mostraba, como solía hacer Eddie, una vaga sonrisa difuminada.

Uno y otro seguían su camino, nunca se desviaban de él, testarudos, porque, de una vez para siempre, habían decidido lo que iba a ser su vida.

En lo referente al padre, esto era difícil de precisar. Cesare Rico probablemente tomó su decisión al conocer a Julia Massera. Ella era más fuerte que él. Estaba claro que ella era la que mandaba, tanto en el hogar como en la tienda. Se casó con Julia, y Eddie nunca le había oído levantar la voz ni quejarse.

En cuanto a él, había elegido pertenecer a la organización y aceptar las reglas del juego, seguir la regla, dejando que los demás se rebelaran o intentasen engañarles.

¿A qué esperaba Phil para llamarle? No tenía ni un periódico que leer. Ni se le ocurrió que podía pedir que le subieran uno. Necesitaba soledad.

La calle había vuelto a hacerse ruidosa. Los coches se estacionaban junto a las aceras, y un policía apenas lograba poner orden en la circulación. No era como en Florida ni en Brooklyn. Se veían coches de todos los modelos, los más antiguos y los más nuevos, Fords muy altos como ya sólo se ven en las zonas rurales más remotas, con el capó sujeto con cordeles, y Cadillacs deslumbrantes, también camionetas, motos y gente de todas las razas, muchos negros y aún más mexicanos.

Se abalanzó sobre el aparato apenas empezó a sonar el timbre.

—¡Diga!

Seguía oyéndose el timbre. Oía voces de operadores lejanas, luego, por fin, la voz de Phil.

—¿Eddie?

—Sí.

—De acuerdo.

—¿En qué?

—Habla con tu hermano.

—¿Incluso si la policía...?

—Pase lo que pase, es mejor ser los primeros en llegar. Sid insiste en que me telefonees cuando le hayas visto.

Eddie abrió la boca sin saber lo que iba a decir, pero no tuvo tiempo de hablar, porque Phil ya había colgado.

Entonces fue a lavarse las manos y la cara para refrescarse, se cambió de camisa, se puso el sombrero y se dirigió hacia el ascensor. Había dejado sobre la mesa la botella de whisky intacta. No le apetecía beber. No tenía sed. Tenía la garganta reseca, pero a pesar de ello encendió un cigarrillo.

En el vestíbulo, donde había bastante gente, no miró a su alrededor. Había varios taxis esperando delante de la puerta. No eligió, subió al primero que se puso a su alcance.

—Vamos a Aconda —dijo, dejándose caer sobre el asiento, que quemaba por haber estado expuesto al sol.

Al salir de la ciudad vio los moteles de los que le habían hablado aquella mañana, y las caravanas que formaban verdaderas aglomeraciones en los descampados, con ropa secándose en tendederos improvisados, mujeres en pantalón corto, gordas y delgadas, que cocinaban al aire libre en hornillos.

Eran los primeros campos. En la mayoría, hombres y mujeres en hileras, inclinados sobre el suelo, procedían a la recolección, mientras se iban acercando camiones que se cargaban progresivamente.

La mayor parte de las casas eran nuevas. Unos años atrás, antes de abrir el canal, esta región no era más que un desierto en medio del cual se levantaba la ciudad española. Se construía aprisa. Algunos se conformaban con barracas.

El coche giró a la izquierda por un camino arenoso, que también seguía el tendido eléctrico, y de tarde en tarde algunas casas formaban una aldea.

Aconda era más importante. Algunas viviendas eran amplias, con césped y flores alrededor.

—¿A qué casa quiere ir?

—A la de un tal Felici.

—No le conozco. Por aquí todo cambia muy aprisa.

El taxista se detuvo delante de una especie de bazar cuyas herramientas agrícolas desbordaban hasta invadir la mitad de la acera.

—¿No vive por aquí un tal Felici?

Les dieron explicaciones complicadas. El taxi salió de la aldea, cruzó nuevos campos, se detuvo delante de unos buzones que estaban al borde de la carretera. El quinto llevaba el nombre de Felici. La casa se alzaba en medio de los campos, y bastante lejos, destacando sobre el fondo del cielo, había una hilera de trabajadores encorvados.

—¿Le espero?

—Sí.

Una niña con un bañador de color rojo jugaba en el porche. Debía de tener cinco años.

—¿Está tu padre?

—Está allí.

Señalaba a los hombres visibles en el horizonte.

—¿Y tu madre?

La niña no tuvo que contestar. Una mujer morena que sólo llevaba encima un pantalón corto de hilo y una especie de sostén del mismo tejido, abrió la puerta protegida por un mosquitero.

—¿Qué pasa?

—¿La señora Felici?

—Sí.

No se acordaba de ella, y ella no debía de acordarse de él. La mujer reconoció solamente a alguien de origen italiano, alguien también sin duda que venía de lejos.

¿Hablaba con ella o era mejor esperar a hacerlo con el marido? Se dio la vuelta. No vio a nadie. No parecían haberle seguido.

133

—Quisiera preguntarle algo.

Ella vaciló. Seguía manteniendo abierta la puerta. Dijo sin ningún entusiasmo:

—Pase.

La habitación era amplia, casi oscura, porque las persianas estaban corridas. En medio había una mesa grande, en el suelo juguetes, en un rincón una plancha todavía enchufada junto a una camisa de hombre a medio planchar.

—Siéntese.

—Me llaman Eddie Rico, y conocí a su suegra.

Sólo entonces advirtió una presencia en la habitación de al lado. Oyó moverse a alguien. Luego la puerta, que se abría hacia dentro, empezó a abrirse. Al principio no vio más que una silueta de mujer que llevaba un vestido claro con flores. Como los postigos del cuarto no estaban cerrados, la mujer se dibujaba sobre un fondo luminoso, y se distinguía la sombra de las piernas y de los muslos a través de la falda.

En lugar de responder, la señora Felici se volvió y llamó a media voz:

—¡Nora!

—Sí, ya voy.

Entró en la estancia. Eddie por fin pudo verla bien, más baja de lo que había supuesto al conocer a su padre y a su hermano menor, más baja y más delicada.

Lo que enseguida le llamó la atención es que estaba visiblemente embarazada.

—¿Usted es el hermano de Tony?

—Sí. Usted es su mujer, ¿no?

No esperaba que todo fuese tan rápido. No había preparado nada. Imaginó que iba a hablar primero con Felici, suponiendo que éste terminaría por decirle dónde estaba Tony.

Lo que también le inquietaba era el hecho de que Nora estuviese encinta. Él tenía tres hijos, y nunca había pensado en la posibilidad de que sus hermanos pudieran tenerlos.

La joven se sentó en uno de los bancos y posó un brazo sobre la mesa, examinándole con atención.

—¿Cómo ha llegado hasta aquí?

—Tengo que hablar con Tony.

—No es eso lo que le pregunto. ¿Quién le ha dado sus señas?

No tenía tiempo para inventar una respuesta.

—Su padre me ha dicho...

—¿Ha ido a ver a mi padre?

—Sí.

—¿Por qué?

—Porque necesitaba la dirección de Tony.

—Él no la sabe. Mis hermanos tampoco.

—Su padre me dijo que Tony había reparado un viejo camión, y que él se lo regaló.

Era despierta e inteligente. Comprendió enseguida, y le miró todavía con más fijeza.

—Ha adivinado que vendría aquí.

—Me acordé de que había estado aquí varios meses cuando era niño, y que me hablaba a menudo de camiones.

—O sea que usted es Eddie.

Su mirada le inquietaba. Se esforzó por sonreírle.

—Me alegro de haberla conocido —balbució.

—¿Y qué quiere de Tony?

Ella no sonreía, y continuaba examinándole pensativamente, mientras la señora Felici se acurrucaba en un rincón.

¿Qué habría contado Tony a los Felici? ¿Lo sabían? ¿Le habían acogido a pesar de todo?

—¿Qué quiere de Tony? —repitió Nora, en un tono que indicaba que no estaba dispuesta a renunciar a una contestación.

—Tengo algo que decirle.

—¿El qué?

—Os dejo —murmuró el ama de casa.

—No.

—Tengo que ir a preparar el almuerzo.

Entró en la cocina, cuya puerta cerró.

—¿Qué quiere de Tony?

—Está en peligro.

—¿Por qué?

¿Con qué derecho le estaba hablando en el tono de un fiscal? Si Tony corría peligro, si él mismo estaba en un apuro, si estaban amenazados muchos años de esfuerzos, ¿no era por culpa de aquella muchacha?

—Hay quien tiene miedo de que hable —replicó con voz más dura.

—¿Saben ellos dónde está?

—Todavía no.

—¿Usted se lo dirá?

—Terminarán por encontrarle.

—Y entonces, ¿qué?

—Podrían querer hacerle callar a toda costa.

—¿Son ellos los que le han enviado?

Cometió el error de dudar. Aunque luego lo negó, ya fue imposible convencerla.

—¿Qué le han dicho? ¿Qué encargo le han dado?

Era curioso, era muy femenina, no había nada duro en sus rasgos, al contrario, y aún menos en las líneas de su cuerpo; no obstante, se advertía en ella más voluntad que en un hombre. Desde el primer momento, Eddie no le había gustado. Tal vez no le gustaba ya antes de conocerle. Tony había debido de hablarle de él y de Gino. ¿Prefería a Gino? ¿Detestaba en bloque a toda la familia, aparte de Tony?

Había cólera en sus ojos oscuros, un temblor de los labios cuando le dirigía la palabra.

—Si su hermano no hubiese ido a hablar con la policía... —atacó él, a su vez encolerizado.

—Pero ¿qué está diciendo? ¿Se atreve a decir que mi hermano...?

Se puso en pie plantándole cara, adelantando el bulto de su vientre. Él creyó que se le iba a echar encima, y no iba a forcejear con una mujer encinta.

—Sí, su hermano, el que trabajaba en la General Electric. Ha contado a la policía lo que usted le contó acerca de Tony.

—¡Eso no es verdad!

—¡Es verdad!

—¡Miente!

—Escuche... Cálmese. Le juro que...

—¡Miente!

¿Cómo iba a prever que se encontraría en una situación tan ridícula? Al otro lado de la puerta la señora

Felici debía de oír los gritos. La niña, que también los oía desde el porche, abrió la puerta y dejó ver una cara llena de miedo.

—¿Qué te pasa, tía Nora?

O sea, que en la casa la consideraban como de la familia. También debían de decir tío Tony.

—No es nada, cariño. Discutimos.

—¿Por qué?

—Por asuntos que no puedes entender.

—¿Era este hombre con quien yo no tenía que hablar?

Estaba claro que Tony y su mujer se lo habían contado todo a los Felici. Temían que alguien fuera a preguntar por ellos. Y habían dicho a la niña que si se presentaba un señor y hacía preguntas...

Eddie esperaba la respuesta de Nora, y ella, como para vengarse, afirmó:

—Sí, es él.

Todavía estaba temblando de la cabeza a los pies.

7

Aún seguían frente a frente, con la mirada brillante y la respiración agitada, cuando un gran camión que venía de los campos de cultivo se detuvo junto al porche en medio de un estremecimiento de chatarra. Desde el lugar en que estaba Eddie no podía mirar por la ventana, pero por la expresión ansiosa de Nora comprendió que era Tony.

¿Estaba trabajando con los demás hombres y había visto llegar el taxi? Si éste se hubiera ido enseguida tal vez Tony no se hubiera inquietado, pero al quedarse durante tanto rato decidió ir a ver qué pasaba.

En la habitación los tres personajes le oyeron subir los peldaños de la escalera, permaneciendo inmóviles en la postura exacta en la que les había sorprendido el ruido del camión.

Se abrió la puerta de un empujón, Tony llevaba un pantalón de hilo azul, y en la parte superior del cuerpo sólo una camiseta blanca que dejaba ver los brazos y gran parte de sus hombros. Era muy musculoso y el sol le había curtido la piel.

Al ver a su hermano se paró en seco. Las cejas, que tenía muy espesas y muy negras, se arquearon, y una barra vertical dividió su frente en dos partes desiguales.

Antes de que nadie dijese ni una palabra, la niña corrió hacia él:

—¡Cuidado, tío Tony, es él!

Al principio Tony parecía no comprender del todo lo que pasaba, acarició la cabeza de la niña mirando a su mujer y esperando una explicación. Su mirada era afable y confiada.

—Bessie me ha preguntado si éste era el señor con quien ella no tenía que hablar, y le he dicho que sí.

Se abrió la puerta de la cocina. Por un momento se entrevió a la señora Felici, que llevaba en la mano una sartén en la que chisporroteaba el tocino.

—¡Bessie, ven aquí!

—Pero, mamá...

—Anda, ven.

De forma que quedaron los tres solos, al comienzo con una cierta sensación de incomodidad. A causa de su piel tostada, la córnea, alrededor de las pupilas de Tony, parecía más blanca, de un blanco casi luminoso en la penumbra de la habitación, y eso daba un curioso brillo a sus ojos.

Aclaró, sin mirar a Eddie a la cara:

—Como siempre esperamos que venga alguien a hacer preguntas, hemos dicho a la niña...

—Ya lo sé.

Tony, levantando la cabeza, murmuró realmente sorprendido:

—¡No suponía que ibas a ser tú!

Le asaltó una idea. Miró a su mujer y luego a su hermano.

—¿Te has acordado de que pasé aquí mis vacaciones?

Era obvio que le costaba creerlo. Eddie no se vio con ánimos de mentir de manera convincente.

140

—No —confesó.

—¿Has ido a ver a mamá?

—Sí.

Nora estaba apoyada en la mesa, y su vientre sobre-salía. Tony se acercó a ella sin dejar de hablar y le puso la mano sobre el hombro en un ademán que se veía habitual.

—¿Te ha dicho mamá que estaba aquí?

—Cuando se enteró de que te habías ido con un camión...

—¿Cómo se enteró?

—Yo se lo dije.

—¿También has ido a White Cloud?

—Sí.

—¿Comprendes, Tony? —intervino su mujer.

Él la calmó con una presión de su mano, y luego con el brazo le rodeó cariñosamente los hombros.

—¿Qué te dijo mamá exactamente?

—Me recordó que cuando volviste de aquí estabas entusiasmado con la idea de todo lo que se podía hacer en estos campos con un camión.

—¡Y has venido! —dijo Tony, agachando la cabeza.

También él necesitaba ordenar sus ideas. Nora intentaba una vez más decirle algo, pero él la hacía callar estrechando el abrazo de sus hombros.

—Ya suponía que me ibais a encontrar un día u otro... Hablaba como para sí mismo, sin amargura ni protestas, y Eddie tuvo la impresión de estar en presencia de un Tony al que no conocía.

—Lo que no había imaginado es que serías tú.

Volvió a erguir la cabeza, la sacudió para apartar un rizo que le caía sobre los ojos.

—¿Te han enviado ellos?

—Sid me telefoneó. Para ser exactos, hizo que Phil me telefoneara para decirme que fuera a verle a Miami. Lo mejor sería que hablásemos tranquilamente los dos.

Nora se puso rígida, como rebelándose. Si Tony le hubiera dicho que saliera, sin duda le hubiese obedecido, pero Tony negaba con la cabeza.

—Ella puede oírlo todo.

Luego, con la mirada señaló la cintura de su mujer, y en su cara había una expresión que su hermano nunca le había visto.

—¿Ya lo sabes?

—Sí.

No volvió a hablarse del hijo que ella esperaba.

—¿Qué encargo te han dado exactamente?

En su voz era perceptible una pizca de desdén, de acritud. Eddie necesitaba toda su sangre fría. Era importante.

—Para empezar, tienes que saber lo que ha pasado.

—¿Me necesitan? —preguntó Tony con sarcasmo.

—No. Es más grave, infinitamente más grave. Por favor, escúchame bien.

—Va a mentir —anunció Nora a media voz.

Y su mano cogió la mano de su marido, que reposaba sobre su hombro, como para formar un bloque con él.

—Deja que hable.

—Tu cuñado fue a ver a la policía.

Nora, muy agitada, se rebeló de nuevo:

—¡Eso no es verdad!

Una vez más Tony la calmó con un gesto.

—¿Cómo lo sabes?

—Sid tiene espías en la casa, lo sabes tan bien como yo. Pieter Malaks repitió al jefe todo lo que tú le dijiste.

—Yo no le dije nada.

—Pues todo lo que le dijo su hermana.

Tony seguía tranquilizándola. No manifestaba ningún enfado con ella. Eddie nunca le había visto tan tranquilo, tan reflexivo.

—¿Y qué?

—Según él, estás dispuesto a hablar. ¿Es verdad?

Tony retiró su brazo del hombro de Nora para encender un cigarrillo. Se plantó a dos metros de Eddie, a quien miraba de hito en hito.

—¿Tú qué crees?

Antes de responder, Eddie miró a la mujer encinta, como para explicar su respuesta.

—Yo no lo creí. Ahora ya no sé qué pensar.

—¿Y Sid? ¿Y los otros?

—Sid no quiere correr ningún riesgo.

Después de un silencio, Eddie volvió a preguntar:

—¿Es verdad?

Entonces fue Tony quien miró a su mujer. En vez de contestar directamente, murmuró:

—A mi cuñado no le he dicho nada.

—Pero él fue a hablar con el jefe de la policía, y probablemente con el fiscal del distrito.

—Creía que era lo mejor que podía hacer. Le comprendo. También comprendo por qué Nora le habló. Pieter no quería que ella se casase conmigo. Y no le faltaba razón. Se había informado acerca de mí.

Abrió una alacena y sacó una botella de vino.

—¿Quieres?

—No, gracias.

—Allá tú.

Llenó un vaso y se lo bebió de un trago. Era chianti, como el que tenían en casa de su madre. Iba a llenarse otro vaso cuando Nora le susurró:

—¡Cuidado, Tony!

Vaciló, pareció que a pesar de todo iba a servírselo, miró a su hermano y sonrió dejando sobre la mesa la botella enfundada en paja.

—O sea que has visto a Sid y te ha dado un encargo para mí.

Volvió a su lugar de antes, de espaldas a la mesa, con los brazos en torno a los hombros de Nora.

—Te escucho.

—Supongo que comprendes que después de lo que les han contado, la policía tiene muchas ganas de echarte el guante.

—Es normal.

—Se figuran que por fin tienen el testigo que buscan desde hace mucho tiempo.

—Sí.

—¿No se equivocan?

En vez de responder, Tony le soltó:

—Continúa.

—Sid y los demás no están dispuestos a correr un peligro así.

Por vez primera Tony se puso agresivo.

—Lo que me extraña —dijo, adelantando el labio inferior de un modo que Eddie reconoció— es que te hayan mandado a ti y no a Gino.

—¿Por qué?

—Porque Gino es un asesino.

Hasta Nora se estremeció. Eddie se había puesto muy pálido.

—Espero la continuación —dijo Tony.

—Te hago observar que aún no me has dicho si estás dispuesto a hablar o no.

—¿Y qué?

—Los temores de Sid no tienen nada de ridículos. Durante años han confiado en ti.

—¡Vaya!

—La suerte de muchas personas y hasta la vida de algunas dependen de lo que podrías decir o no decir.

Una vez más Nora abrió la boca, y Tony la hizo callar. Sus ademanes eran siempre afectuosos, protectores.

—Déjale hablar.

Eddie empezaba a encolerizarse. No le gustaba la actitud de su hermano. Veía algo hostil para con él, y tenía la impresión de que desde el principio Tony le miraba con una ironía despectiva, como si leyese en el fondo de su pensamiento.

—No quieren hacerte ningún daño.

—¿De veras?

—Sólo quieren ponerte a salvo.

—¿Bajo dos metros de tierra?

—Como dice Sid, Estados Unidos va a resultar pequeño para ti. Si te fueses a Europa, como otros lo hicieron antes que tú, estarías tranquilo, y tu mujer también.

—Y ellos ¿se quedarían tranquilos?

—Sid me ha dicho que...

—Y tú le has creído.

—Pero...

—Confiesa que tú no te lo has creído. Saben tan bien como tú y como yo que al pasar la frontera es donde se corre más riesgo de que me cojan. Si lo que me has contado es verdad...

—¡Es la verdad!

—Admitámoslo. En este caso mi descripción estará en todas partes.

—Podrías pasar a México y embarcarte allí. La frontera está a quince kilómetros.

Eddie no recordaba a un Tony tan musculoso, tan viril. Aunque aún pareciera muy joven a causa de sus cabellos rizados y de su mirada ardiente, daba la impresión de ser todo un hombre.

—¿Qué opina de eso Gino?

—A Gino no le he visto.

Había hecho mal en decir aquello.

—Mientes, Eddie.

—Han mandado a Gino a California.

—¿Y Joe?

—Está en mi tienda, en Santa Clara.

—¿Y Vettori?

—De él no me han dicho nada.

—¿Sabe mamá que estás aquí?

—No.

—¿Le has contado lo que te dijo Sid?

Dudó. Era demasiado difícil mentir a Tony.

—No.

—En resumen, que fuiste a verla para sonsacarla.

Tony se dirigió hacia la puerta, la abrió y de pronto se dibujó un rectángulo de luz tan intensa que quedaron deslumbrados. Haciendo visera con la mano, miraba hacia la carretera.

Cuando volvió hacia la mesa murmuró con aire pensativo.

—Han dejado que vinieras solo.

—No hubiese venido de otra forma.

—Eso quiere decir que confían en ti, ¿no? Siempre han confiado en ti.

—¡También en ti! —le contestó Eddie, que necesitaba apuntarse un tanto.

—No es lo mismo. Yo no era más que un comparsa al que se encargaban determinadas tareas.

—Nunca nadie te obligó a aceptarlas.

Necesitaba hacer daño, más que por Tony, por Nora, cuyo odio era visible. Ante él no tenía solamente una pareja, sino que, a causa del vientre de la mujer, era ya una familia, casi un clan.

—No esperaste a que te lo pidieran para robar coches, y me acuerdo de que...

Con un deje de tristeza más que de indignación, Tony murmuró:

—Todo lo que tú puedas decir, ella ya lo sabe. ¿Te acuerdas de la casa, de la calle, de la gente que frecuentaba la tienda de mamá? ¿Te acuerdas de cómo jugábamos al salir de la escuela?

Tony no insistía, seguía el curso de su pensamiento, y añadió casi en voz baja:

—Sólo que tú no eres lo mismo. Nunca has sido lo mismo.

—No entiendo.

—Sí.

Era verdad. Lo entendía. Siempre había existido una diferencia entre él y sus hermanos, tanto si se trataba de Gino como de Tony. Nunca lo habían hablado entre ellos. Y no era el momento de hacerlo, mucho menos ante una extraña. Porque para él Nora era una extraña. Tony había hecho mal al contarle todo aquello a su mujer. Hacía trece años que Eddie estaba casado con Alice, y no le había hecho ni una sola confidencia que pudiese poner en peligro a la organización.

Era inútil discutir aquellas cuestiones con Tony. Otros se habían enamorado como él. No muchos. Y todos sentían entonces la necesidad de desafiar al mundo entero. Lo único que contaba para ellos era una mujer. El resto les daba igual.

Aquellas cosas siempre acababan mal. Sid también lo sabía.

—¿Cuándo crees que vendrán?

Nora se estremeció de pies a cabeza y se volvió hacia su marido, como si fuera a abrazarle.

—Lo único que piden es que te vayas a Europa.

—No me trates como a un niño.

—Si no fuera así no hubiese venido.

Con la misma sencillez, Tony respondió acusadoramente:

—¡Sí hubieras venido!

Y añadió, con cierto cansancio en la voz:

—Tú siempre has hecho y siempre harás lo que hay que hacer. Me acuerdo de que una noche me explicaste tu punto de vista, una de las pocas noches en las que te he visto medio borracho.

—¿Dónde estábamos?

—Andábamos por Greenwich Village. Hacía calor. Me señalaste en un restaurante a uno de los grandes jefes, a los que tú mirabas desde lejos con una admiración temblorosa. «Mira, Tony», me dijiste, «hay quien se cree que es listo porque levanta mucho la voz al hablar».

»¿Quieres que te repita lo que me dijiste? Podría hacerlo palabra por palabra, sobre todo en lo que se refiere a la regla.

—Ojalá la hubieras seguido.

—Eso te hubiera ahorrado el viaje a Miami, y luego a White Cloud, a Brooklyn, donde mamá debe de preguntarse a qué ibas, y por fin aquí. Que conste que no te guardo rencor. Tú eres así.

Cambiando súbitamente de voz, de cara, con el aire de quien pasa a hablar de negocios, añadió:

—Hablemos claramente, sin hacer trampas.

—No soy yo quien hace trampas.

—Bueno. Por lo menos hablemos con franqueza. Tú no ignoras por qué Sid y Boston Phil te llamaron a Miami. Necesitan saber dónde estoy. Si lo hubieran sabido no te hubiesen necesitado.

—Eso lo dices tú.

—Al menos ten la valentía de mirar la verdad cara a cara. Te convocaron y te hablaron como unos jefes hablan a un empleado de confianza, a una especie de jefe de sección o de encargado. Tú muchas veces me recuerdas a un jefe de sección.

Por vez primera una sonrisa iluminó la cara de Nora, que acarició la mano de su marido.

—Gracias.

—No hay de qué darlas. Te dijeron que tu hermano era un traidor que estaba a punto de deshonrar a la familia.

—Eso no es verdad.

—Fue lo que tú pensaste. Y no sólo deshonrarla, sino comprometerla, y esto es peor.

Eddie estaba descubriendo a un hombre cuya personalidad nunca había llegado ni a sospechar. Para él Tony seguía siendo el hermano pequeño, un buen chico, aficionado a la mecánica, a quien le gustaban las mujeres y que presumía en los bares. Si se lo hubiesen preguntado, probablemente hubiera respondido que Tony sentía por él una gran admiración.

¿Pensaba Tony por sí mismo? ¿O no hacía más que repetir las frases que Nora le había enseñado?

El calor era agobiante. La casa no tenía aire acondicionado. Tony se servía de vez en cuando, con una mano, un trago de vino, sin que la otra mano se apartase del hombro de su mujer.

Eddie también tenía sed. Para tener agua hubiera tenido que abrir la puerta de la cocina, donde estaban la señora Felici y su hija. Por fin cogió un vaso del aparador y se sirvió un culito de vino.

—¡Menos mal! ¿Tenías miedo de perder tus recursos si bebías? Puedes sentarte, aunque ya no tengo mucho más que decirte.

En aquel momento Tony le hizo pensar en aquel sueño. No se parecía al hombre hecho con material de muñeca que esperaba, con su padre en el buzón, y sin embargo tenía su misma sonrisa.

Era difícil de explicar. También en su sueño Tony tenía algo de risueño, de muy juvenil, de «como liberado», junto con un extraño toque de melancolía.

Como si la suerte ya estuviera echada. Como si ya no se hiciera ninguna ilusión. Como si hubiese doblado una esquina más allá de la cual se sabe todo, se mira todo con ojos nuevos.

Por un segundo Eddie le vio muerto. Se sentó, cruzó las piernas, encendió un cigarrillo con una mano temblorosa.

—¿Qué estaba diciendo? —dijo Tony—. Déjame terminar, Nora.

Porque ella había vuelto a abrir la boca.

—Es mejor que Eddie y yo lleguemos al fondo, de una vez para siempre. Es mi hermano. Hemos salido del mismo vientre. Durante años dormimos en la misma cama. Cuando yo tenía cinco años me lo ponían como ejemplo.

»¡Bueno! Volvamos a las cosas serias. No es imposible que te hayan hecho la propuesta que tú me haces.

—Te juro que...

—Te creo. Cuando mientes se te ve en la cara. Pero sabías perfectamente que no era eso lo que querían. Comprendiste desde el principio que no tienen ningunas ganas de verme cruzar la frontera. Prueba de ello es que no se lo dijiste a mamá.

—No quería preocuparla.

Tony se encogió de hombros.

—Y tenía miedo de que hablase.

—Mamá nunca ha dicho ni una palabra que no debiera decir. Ni siquiera a nosotros. Apostaría a que todavía no sabes que ella compra los objetos robados por los jóvenes que van a su tienda.

Eddie siempre lo había sospechado, pero sin tener pruebas.

—Yo lo descubrí por casualidad. Ya ves, Eddie, tú estás con ellos del todo, lo mismo hoy que ayer y que siempre. Estás con ellos porque decidiste de una vez para siempre que iba a ser así, y tu vida se basa en eso. Si te preguntasen crudamente qué hay que hacer conmigo...

Eddie hizo un ademán de protesta.

—¡Calla! Si formases parte de una especie de tribunal y te hicieran la pregunta en nombre de la organización, tu respuesta sería idéntica a la suya. No sé lo que hacen en este momento. Lo más probable es que te estén esperando en el hotel. ¿Te alojas en El Presidio? Gracias a ti saben dónde estoy. Lo sabrán incluso si les juras que no me has visto.

Nunca nadie le había mirado con tanto odio como el que leía en los ojos de Nora, que cada vez se pegaba más a su marido.

Tal vez Tony respondía a una idea de su mujer cuando siguió diciendo:

—Aunque yo ahora te matase aquí mismo para que no hablaras con ellos, lo sabrían. Lo saben ya. Y tú, en Miami, cuando empezaste a buscarme, ya sabías que ellos sabrían. Eso es lo que quería decirte. Que me doy cuenta de todo. Y es necesario que tú también te des cuenta.

—Escucha, Tony...

—Todavía no. No te guardo rencor. Siempre había pensado que si se presentaba la ocasión actuarías así. Lo único que hubiese preferido es no ser yo el motivo de todo eso, nada más. Tú ya te arreglarás con mamá. Te arreglarás con tu conciencia.

Era la primera vez que Eddie le oía pronunciar aquella palabra. Lo hacía de un modo casi frívolo, como si bromease.

—Ahora sí que he terminado.

—Pues ¡yo quiero decir algo!

Era Nora la que había hablado. Se soltó de su marido y dio un paso hacia Eddie.

—Si le tocan un solo cabello de la cabeza a Tony seré yo quien se lo cuente todo.

Tony sonrió abiertamente, con una sonrisa joven y alegre, y negó con la cabeza.

—No serviría de nada, cariño. Mira, para que tu testimonio tuviera valor, tendrías que haber asistido...

—No me apartaré de ti ni un instante.

—Entonces también te harán callar a ti.

—Prefiero eso.

—Yo no.

—No he querido haceros daño —murmuró Eddie.

—¿No?

—No he venido para eso.

—Es verdad, todavía no.

—No les diré...

—No lo necesitan. Has venido. Con eso basta.

—Telefonearé a la policía —exclamó Nora.

Su marido sacudió la cabeza.

—No.

—¿Por qué?

—Tampoco serviría de nada.

—La policía no les dejaría...

Se oyeron fuertes pisadas en los escalones de madera del porche. Fuera un hombre se sacudió la tierra de las botas, abrió la puerta y permaneció inmóvil en el umbral.

—Entra, Marco.

Tenía unos cincuenta años, y cuando se quitó el sombrero de paja de alas anchas descubrió unos cabellos de un hermoso gris uniforme. Los ojos eran azules, la piel bronceada. Llevaba el mismo pantalón que Tony y la misma camiseta blanca.

—Mi hermano Eddie, que ha venido a verme desde Miami —y añadió, dirigiéndose a Eddie—: ¿Te acuerdas de Marco Felici?

Se había establecido como una tregua. ¿Era el fin de la tempestad? Marco, todavía vacilante, tendía su terrosa mano.

—¿Se queda a almorzar con nosotros? ¿Dónde está mi mujer?

—En la cocina, con Bessie. Ha querido dejarnos en familia.

—Voy con ella.

—Da igual. Ya hemos terminado. ¿Verdad, Eddie?

Éste, a su pesar, afirmó con la cabeza.

—¿Un vaso de vino, Marco?

Una extraña sonrisa había vuelto a los labios de Tony. Fue él quien cogió un tercer vaso. Después de una vacilación, sacó un cuarto, y llenó también los otros dos, el suyo y el de su hermano.

—¿Qué os parece si brindamos?

De la garganta de Eddie salió un ruido indefinible. Nora le miró con intensidad, pero no comprendió, y él fue el único en saber que había sido un sollozo a punto de estallar.

—¡Por todos los que estamos aquí!

La mano de Tony no temblaba. Tenía de veras un aire alegre, ligero, como si la vida fuese algo fútil y divertido.

154

Eddie, para conservar su sangre fría, se vio obligado a desviar la mirada.

Marco, que sospechaba algo, les iba mirando uno tras otro atentamente, y levantó su vaso con desgana.

—Tú también, Nora.

—Yo nunca bebo.

—Sólo por esta vez.

Se volvió hacia su marido para saber si hablaba en serio, y comprendió que deseaba que ella bebiese.

—A tu salud, Eddie.

Eddie quiso responder: «A la tuya», pero no pudo. Se llevó el vaso a los labios. Nora, sin apartar la vista de él, sólo mojaba los suyos en el vino.

Tony bebió de un trago hasta la última gota, y dejó el vaso vacío sobre la mesa.

Eddie balbuceó:

—Tengo que irme.

—Sí. Es lo mejor.

No se atrevió a estrecharles la mano, buscó su sombrero a su alrededor. Lo más curioso es que tenía la impresión de haber vivido antes aquella escena. Hasta el vientre de Nora le era familiar.

—Hasta la vista.

Había estado a punto de decir adiós. Pero la palabra le asustó. Y sin embargo se daba cuenta de que «hasta la vista» era peor, y que podía sonar como una amenaza.

No era su intención amenazar. Estaba verdaderamente emocionado, sentía agua tibia en los ojos mientras se dirigía hacia la puerta.

No hicieron nada para impedir que se fuese. No se pronunció ni una palabra. Él ignoraba si le estaban mirando, si la mano de Tony apretaba el hombro de Nora. No se atrevió a volver la cabeza.

Abrió la puerta y penetró en un bloque de calor. El taxista, que se había puesto a la sombra, se dirigió al coche. Se oyó el ruido de la portezuela. Lo único que vio fue la niña, que desde la ventana de la cocina le veía irse, y le sacó la lengua.

—¿A El Centro?

—Sí.

—¿Al hotel?

Le pareció oír que un coche arrancaba no lejos de allí. No veía nada en los campos. Una parte de la carretera quedaba oculta por una casa.

Hubiera tenido que preguntarlo al taxista, pero le faltó valor. En toda su vida nunca había sentido tan vacíos el cuerpo y la cabeza. En el taxi el aire era asfixiante, y como el sol pegaba de lleno los oídos le empezaron a zumbar. En la boca reseca sentía un regusto metálico, y hasta cerrando los párpados había puntos negros que bailaban ante sus ojos.

Tuvo miedo. Había asistido a casos de insolación. Estaban cruzando el pueblo. Pasaban delante de una ferretería.

—Pare un momento.

Necesitaba un vaso de agua fresca. Necesitaba estar un rato a la sombra para reponerse.

—¿No se encuentra bien?

Casi deseaba desmayarse al cruzar la acera. Y estar enfermo durante unos días. No tener que pensar ni decidir nada.

Al dependiente le bastó verle para saber lo que le pasaba, y enseguida fue a buscar un vaso de cartón lleno de agua helada.

—No beba tan aprisa. Ahora le traigo una silla.

Aquello era ridículo. Tony sin duda le hubiera acusado de hacer comedia, y en cualquier caso, lo más probable era que Nora no hubiese dejado de pensarlo; ella, que durante la conversación le miraba tan intensamente, con verdadero odio.

—Otro, por favor.

—Respire hondo.

El taxista había entrado tras él, y esperaba como alguien que está habituado a ese tipo de incidentes.

De pronto, cuando se llevaba a la boca el segundo vaso, Eddie sintió náuseas. Apenas tuvo tiempo de desviar la cabeza. Vomitó un gran chorro que el vino hacía de color violeta entre las máquinas de cortar el césped y los cubos galvanizados. Balbuceó con los ojos llenos de lágrimas:

—Discúlpenme... Es algo tan... estúpido.

Los otros dos se miraron significativamente. Cuando se atragantó, el dependiente le dio fuertes palmadas en la espalda para ayudarle.

—Ha hecho mal al beber vino tinto —dijo el taxista sentenciosamente.

Él, entre arcada y arcada, se excusó:

—Me han... me han hecho beber.

8

El recepcionista le tendió la llave sin decir nada, como si no le viera. El ascensorista, mientras la cabina iba subiendo, tuvo la mirada fija en la solapa de la chaqueta de Eddie, donde había una mancha de color violáceo.

Eddie entró en su habitación con el propósito de echarse sobre la cama. Al empujar la puerta aflojó la tensión nerviosa, dejó de controlar la expresión de su cara. No sabía qué aspecto tenía. Sólo había dado un paso dentro de la habitación cuando cayó en la cuenta de que no había cerrado con llave.

En aquel mismo instante vio al hombre, y antes de que su cerebro pudiese reaccionar el terror le paralizó, con una horrible sensación a lo largo de la espina dorsal. Fue automático, como el hecho de apretar un botón y que se encienda la luz o se ponga en marcha un motor. No había pensado nada. Simplemente creyó que había llegado su hora, y sintió que no tenía saliva en la boca.

Había conocido a docenas de personas que terminaron así, y entre ellos, algunos compañeros suyos. A veces estaba bebiendo en su compañía a las diez de la noche, por ejemplo, y a las once o a las doce, al volver a su casa encontraban a dos hombres que les estaban esperando, y que no necesitaban decir nada.

En alguna ocasión se había preguntado qué se piensa en esos momentos, un poco más tarde, en el coche que se dirige a un descampado o hacia un río, cuando, todavía por unos minutos, se pasa junto a luces, gente, incluso el coche se detiene ante un semáforo en rojo, al pie del cual se ve el uniforme de un policía.

Aquello sólo duró unos segundos. Estaba convencido de que no había movido ni un músculo de la cara. Pero también sabía que el hombre lo había visto todo, primero aquel vacío que le habitaba cuando empujó la puerta, aquel aflojamiento de su carne y de su cerebro, luego la corriente eléctrica del miedo, y ahora, por fin, la sangre fría que volvía a él, con la mente que trabajaba muy aprisa.

No era lo que había temido porque su visitante estaba solo, y para aquel tipo de paseos siempre van dos, más otro que espera, fuera, en el coche.

Además el hombre no daba el tipo. Era alguien importante. Los del hotel no hubieran dejado que un desconocido entrara en su habitación. No sólo se había instalado allí sino que había llamado al camarero para encargarle soda y hielo. En cuanto al whisky, se había servido de la botella de petaca, que estaba empezada, aún sobre la mesilla, al lado del vaso.

—*Take it easy, son!* —dijo sin soltar su grueso cigarro, cuyo olor había tenido tiempo de invadir la habitación.

Lo cual podía traducirse por: ¡No te acalores, chico!

Tenía más de sesenta años, tal vez cerca de los setenta. Había visto muchas cosas, sabía interpretar todos los signos.

—*Call me Mike.*

Llámame Mike. No había que llamarse a engaño. No es que le diera permiso para tratarle familiarmente, de cualquier modo. Se trataba de esa familiaridad respetuosa, que se tiene en ciertos grupos, en ciertas ciudades pequeñas, con el personaje que cuenta.

Parecía un político, un senador de Estado o un alcalde, quizá también el que dirige la maquinaria electoral y se encarga de fabricar jueces y sheriffs. Hubiera podido representar cualquiera de esos papeles en el cine, sobre todo en una película del Oeste, lo sabía y se adivinaba que aquello le gustaba, y que cultivaba el parecido.

—¿Un whisky? —propuso señalando la petaca.

—No bebo nunca.

La mirada de Mike se posó sobre la mancha de vino. No se tomó la molestia de sonreír, de mostrarse sarcástico. No fue más que un movimiento furtivo de las pupilas, eso le bastó.

—Siéntate.

Llevaba un traje, no de hilo blanco, sino de *shantung*, y una corbata pintada a mano que debía de haberle costado treinta o cuarenta dólares. No se había quitado el sombrero, seguramente lo llevaba siempre puesto, un *stetson* de alas anchas y de un gris casi blanco, sin una mancha ni una mota de polvo.

El sillón que señaló a Eddie se encontraba junto al teléfono. Con un dedo perezoso señaló el aparato.

—Tienes que llamar a Phil.

Eddie no discutió, descolgó y pidió el número de Miami. Mientras esperaba con el auricular en la oreja, Mike seguía fumando su cigarro y le miraba con indiferencia.

—¡Oiga! ¿Phil?

—¿Quién habla?

—Eddie.

—Sí.

—Yo... Me dicen...

—Un instante, que voy a cerrar la puerta.

No era verdad. El silencio de Phil duraba demasiado. O había ido a hablar con alguien o lo hacía para ponerle nervioso.

—¡Oiga, oiga!

—Sí. Dime.

Hubo un silencio. Eddie no quería ser el primero en hablar.

—¿Está ahí Mike?

—En la habitación, sí.

—Bueno.

Otro silencio. Eddie hubiese jurado que se oía el ruido del mar, pero evidentemente no era posible.

—¿Has visto a Gino?

Se preguntó si había oído bien el nombre o si Phil se había equivocado de hermano. No esperaba que le hablasen de él. No tuvo tiempo para reflexionar. Mintió sin pensar en las consecuencias.

—No. ¿Por qué?

—Porque no ha llegado a San Diego.

—¡Ah!

—Debería estar allí desde ayer.

Sabía que Mike no dejaba de observarle, y ello le obligaba a vigilar las expresiones de su rostro. Su cerebro trabajaba aprisa, sobre todo con imágenes, como un momento antes había pensado en el paseo en coche.

Aunque era casi la misma imagen con personajes diferentes. De no ser Phil quien le hablaba, sino Sid Kubik por ejemplo, esta idea no se le hubiera ocurrido.

Phil era vicioso. Eddie siempre había sabido que le detestaba, y debía de detestar a todos los hermanos Rico. ¿Por qué había telefoneado a San Diego cuando quien les preocupaba era Tony?

Gino era un asesino. San Diego estaba cerca de El Centro, a dos horas de coche, menos de una hora en avión.

Phil ya había conseguido reunir a dos de los hermanos.

—¡Oiga! —decía Eddie al aparato.

—Quería saber si Gino no había ido a verte en Santa Clara.

No tenía más remedio que seguir mintiendo.

—No.

Aquello podía ser grave. Nunca lo había hecho. Iba contra todos sus principios. Si se enteraban de que mentía tendrían razones para desconfiar de él.

—Le han visto en Nueva Orleans.

—¡Ah!

—Bajaba de un autocar.

¿Por qué le seguían hablando de Gino y no de Tony? Había un motivo. Phil nunca hacía algo porque sí. Era vital para Eddie adivinar lo que su interlocutor tenía en la cabeza.

—Hay quien dice que iba en un barco que se dirigía a Sudamérica.

Intuyó que aquello debía de ser verdad.

—¿Por qué va a hacer una cosa semejante? —protestó sin embargo.

—No lo sé. Tú eres de la familia. Le conoces mejor que yo.

—No estoy al corriente de nada. No me ha dicho nada.

—¿Le has visto?

—Quiero decir que no me ha escrito.

—¿Has recibido alguna carta?

—No.

—¿Cómo está Tony?

Ahora comprendía. Le había metido miedo hablándole de Gino. Phil no había inventado nada, se limitó a utilizar la verdad. Era una forma de prepararle para el asunto de Tony.

No podía volver a mentir. Además, Mike estaba allí, lo sabía y seguía fumando su cigarro en silencio.

—He hablado con él —y continuó, como quitándole importancia—: También he conocido a su mujer. Espera un niño. He explicado a mi hermano...

Phil le interrumpió.

—Mike ha recibido instrucciones. ¿Me oyes? Él te dirá lo que hay que hacer.

—Sí.

—Sid está de acuerdo. Está aquí. ¿Quieres que te lo confirme?

—Sí.

Inmediatamente se dio cuenta de que aquello sonaba como una muestra de desconfianza para Phil.

—Te lo paso.

Oyó un murmullo, y a continuación la voz y el acento de Kubik.

—Mike la Motte va a ocuparse de todo. No quieras pasarte de listo conmigo. ¿Está a tu lado?

163

—Sí.

—Que se ponga.

—Kubik quiere hablarle.

—¿A qué esperas para darme el aparato? ¿No llega el cable?

Llegaba.

—¡Sí! ¿Qué tal, hombre?

Quien hablaba era sobre todo Kubik, y Eddie oía su voz lejana sin distinguir las palabras. Mike asentía con monosílabos o con frases muy cortas.

Ahora que conocía su nombre, Eddie le miraba con otros ojos. No se había equivocado al pensar que era un personaje importante. Lo que hacía ahora lo ignoraba, porque ya no se hablaba mucho de él. Pero hubo un tiempo en el que figuraba en la primera página de los periódicos.

Michel la Motte, llamado Mike, que debía de ser de origen canadiense, durante los años de la prohibición fue uno de los grandes jefes de la cerveza en la costa oeste.

La organización aún no existía. Se hacían y deshacían alianzas. Los jefes solían pelearse entre sí por un territorio, a veces por una partida de alcohol o por un camión.

Como no había organización, tampoco existía jerarquía ni especialización. La mayor parte de la población estaba a su favor, la policía también, y muchos políticos.

La batalla se libraba sobre todo entre los clanes, entre los jefes.

La Motte, que empezó en un barrio de San Francisco, no sólo se había anexionado toda California, sino que además había extendido sus operaciones hasta los primeros Estados del Medio Oeste.

Cuando los hermanos Rico eran sólo unos niños que merodeaban por las calles de Brooklyn, decían que Mike se había desembarazado, por su propia mano, de más de veinte competidores. También liquidó a varios más de su propia banda, que cometieron la imprudencia de levantar la voz.

Terminaron por detenerle, pero no pudieron probar ninguna acusación de homicidio. Le condenaron por fraude fiscal, y pasó algunos años, no en San Quintín, como un preso ordinario, sino en Alcatraz, la fortaleza reservada a los criminales más peligrosos, que estaba sobre un roquedo en medio de la bahía de San Francisco.

Eddie no volvió a oír hablar de él. Si le hubieran preguntado qué había sido de Mike, hubiese respondido que debía de haber muerto, porque ya era un hombre de cierta edad cuando él era niño.

Ahora le miraba con respeto, admiración, y ya no le parecía cómico que quisiera parecerse a un juez o a un político de película del Oeste.

De pie debía de ser muy alto, y mantenerse aún erguido. No había perdido nada de su corpulencia. En cierto momento se quitó el *stetson* para rascarse la cabeza, y Eddie vio que aún tenía los cabellos tiesos, tupidos, de una blancura sedosa que contrastaba con la piel casi de color del ladrillo.

—Sí... Sí... Yo también he pensado en eso. No te preocupes... Se hará lo que haya que hacer... He telefoneado a Los Ángeles. No he podido hablar con quien tú sabes, pero a esta hora seguro que ya le han avisado... Les espero a los dos antes de la noche.

Tenía la voz ronca, de los que beben y fuman mucho desde hace lustros. También eso parecía propio de un político. En la calle todo el mundo debía de saludarle, la gente iba a estrecharle la mano, orgullosos de su familiaridad con el gran Mike.

Cuando le juzgaron le decomisaron varios millones, pero no era probable que lo hubiese perdido todo, y que se hubiera encontrado sin un centavo al salir de Alcatraz.

—De acuerdo, Sid... Parece que ha entrado en razón... No creo... Voy a preguntárselo... —y dirigiéndose a Eddie—: ¿Quieres decirle algo a Sid?

¡No, así no! ¿Qué iba a decirle improvisadamente en una situación como aquélla? Se dio cuenta de que todo estaba decidido sin contar para nada con él.

—No. Muy bien. Te llamo cuando todo haya terminado.

Tendió el auricular a Eddie para que él colgara, bebió un sorbo de whisky y conservó en la mano el vaso empañado.

—¿Has comido?

—No he tomado nada desde el desayuno.

—¿No tienes hambre?

—No.

—Haces mal en no tomar un trago.

Tal vez. Tal vez en efecto el whisky le quitaría aquel regusto al vino tinto que había vomitado. Se sirvió de beber.

—¡Sid es un gran tipo! —suspiró Mike—. ¿No tuvo algo que ver con tu padre hace ya mucho tiempo?

—A mi padre le mató una bala que dispararon contra Kubik.

—¡Eso es! Enseguida he visto que te apreciaba. ¿Te parece que hace suficiente calor?

—Demasiado.

—¿Más que en Florida?

—No es la misma clase de calor.

—Yo nunca he estado en Florida.

Dio una chupada a su cigarro. Raramente decía dos frases seguidas. ¿Se había vuelto lento su cerebro o difícil su elocución? Tenía la cara blanda, fofa, los labios blandos como los de un bebé, y siempre un líquido en los ojos que subrayaban grandes ojeras. Las pupilas, todavía de un azul claro, seguían siendo lo suficientemente inquietas como para que no pudiera fijarlas durante mucho rato.

—Tengo sesenta y ocho años, muchacho. Puedo presumir de que he tenido una vida muy llena, y yo diría que aún no ha terminado. Pues ¡bien! No sé si me creerás, pero nunca he tenido la curiosidad de ir más allá de Texas y de Oklahoma por el sur, de Utah e Idaho por el norte. No conozco ni Nueva York, ni Chicago, ni Saint Louis ni Nueva Orleans. Y a propósito de Nueva Orleans, tu hermano Gino ha hecho mal en largarse de esa forma.

Dejó caer de su pantalón un poco de ceniza del cigarro.

—Pásame la botella.

Su whisky se había hecho demasiado aguado.

—No sabes la cantidad de gente que he llegado a conocer que se creían listos y que han cometido el mismo

167

error. ¿Qué crees que va a pasarle? En alguno de esos países, tanto da que sea en Brasil, Argentina o Venezuela, tratará de ponerse en contacto con determinados tipos. Hay cosas que no se pueden hacer solo. Pero ellos ya saben cómo se ha ido, y no tendrán ningunas ganas de ponerse a mal con los grandes jefes de aquí.

Era verdad, Eddie lo sabía. Estaba sorprendido por aquella cabezonería de Gino. Y aquello le inquietaba sobre todo porque intuía confusamente la razón.

Él hubiera hecho lo mismo. Tal vez su hermano había ido a verle a Santa Clara para pedirle que le acompañase. Pero Gino comprendió que no valía la pena hablar del asunto.

Eddie se sintió avergonzado. Trató de acordarse de la última mirada de Gino.

—Si se empeña en trabajar solo, la policía le echará el guante o tropezará con alguien que defienda su propio garito. Y entonces, ¿qué? Se irá desmoronando más o menos aprisa, y antes de seis meses será un vagabundo al que recogerán borracho en las aceras.

—Gino no bebe.

—Beberá.

¿Por qué Mike no le hablaba de las instrucciones que le habían dado acerca de Tony?

Apagó su cigarro en el cenicero, sacó otro del bolsillo, quitó cuidadosamente la funda de celofán, y por fin cortó la punta con un precioso instrumento de plata.

Parecía dispuesto a quedarse mucho tiempo en aquella habitación.

—Te estaba diciendo que yo nunca he salido del Oeste.

Se dirigía a él con condescendencia, como si hablara con alguien muy joven. ¿Ignoraba que en la costa del golfo de México Eddie era casi tan importante como lo era él aquí?

—Pues bien, lo curioso es que a lo largo de mi vida he conocido a todas las personas importantes de Nueva York o de cualquier otro sitio. Porque, bueno, porque todo el mundo pasa un día u otro por California.

—¿No tiene apetito?

—Yo nunca almuerzo. Si tienes hambre...

—No.

—Entonces siéntate y enciende un cigarrillo. Tenemos tiempo.

Por un instante Eddie se dijo que Tony iba a aprovechar aquella pausa para huir con Nora. Una idea ridícula. Era evidente que un hombre como Mike había tomado sus precauciones. Sus hombres debían de estar vigilando la casa de los Felici.

Hubiérase dicho que el otro le adivinaba el pensamiento.

—¿Está armado tu hermano?

Fingió no entenderle bien.

—¿Gino?

—Me refiero al pequeño.

Aquella palabra le dolió. Su madre también decía a veces «el pequeño».

—No lo sé. Es probable.

—No tiene importancia.

La habitación era fresca gracias al aire acondicionado, pero aun así se notaba el calor. Se notaba el calor de fuera. El calor pesando sobre la ciudad, sobre los campos, sobre el desierto. La luz era de un oro denso. Hasta los coches en la calle parecían atravesar difícilmente un bloque de aire sobrecalentado.

—¿Qué hora es?

—Las dos y media.

—Van a telefonearme.

En efecto, apenas habían pasado dos minutos cuando sonó el timbre del teléfono. Con toda naturalidad, Eddie descolgó y sin decir una palabra le tendió el auricular.

—Sí... Sí... Bueno. ¡No! Ningún cambio... Sí, me quedo aquí. De acuerdo. Cuando lleguen me dais un telefonazo.

Suspiró. Se repantigó aún más en el sillón.

—No te extrañe si echo una cabezadita —y añadió—: Tengo dos hombres abajo.

No era una amenaza. Sólo un aviso. Se lo decía a Eddie para hacerle un favor, para evitar que cometiese una equivocación.

Y Eddie seguía sin atreverse a hacerle preguntas. Tenía como la impresión de haber caído en desgracia y de merecerlo. Vio cómo Mike se sumía progresivamente en el sueño, y no sin respeto le quitó el cigarro de los dedos en el momento en que iba a caérsele.

Pasaron cerca de dos horas. No se movía, permanecía sentado, sólo de tarde en tarde hacía un movimiento para alcanzar la botella de whisky. Por miedo a hacer ruido no se servía agua, contentándose con mojarse los labios bebiendo a gollete.

Ni una sola vez pensó en Alice, en sus hijas, en su preciosa casa de Santa Clara, sin duda porque todo eso estaba demasiado lejos y le hubiera parecido irreal.

Si en algún momento pensaba en el pasado, era un pasado más remoto, las horas difíciles de Brooklyn, sus primeros pasos en la organización, cuando estaba tan preocupado por hacerlo bien. Durante toda su vida le había animado la misma voluntad.

Hasta su mentira de poco antes a propósito de Gino, diciendo que no le había visto, no tenía nada que reprocharse.

Cuando Sid Kubik le llamó a Miami obedeció. Fue a White Cloud y habló de la mejor manera que supo con el viejo Malaks. Fue a Brooklyn. Cuando su madre inconscientemente le puso sobre la pista de Tony, no dudó en coger el avión.

¿Lo sabía Mike? ¿Qué le había dicho Kubik de él? Mike no le había hablado duramente, al contrario. Pero tampoco le había hablado como a alguien importante. Tal vez pensaba que en la jerarquía estaba más o menos al mismo nivel que Gino o que Tony.

Tenían un plan. Todo estaba decidido. En este plan, él, Eddie, tenía que representar un papel. Si no, un hombre como Mike no se hubiera tomado la molestia de esperarle en su habitación y de quedarse allí.

No le había hecho ninguna pregunta, salvo lo del arma de su hermano. Sin duda Tony estaba armado. Él había dicho algo que lo daba a entender, pero Eddie ya no se acordaba de cuáles habían sido sus palabras. Intentó acordarse. La escena era reciente, y sin embargo ya tenía algunas en la memoria, oía ciertas frases, volvía a ver expresiones de fisonomía, sobre todo las de Nora, pero hubiese sido incapaz de contar de forma coherente lo que había pasado.

Algunos detalles adquirían más importancia que las palabras de su hermano, como el rizo caído sobre la frente, los músculos de los brazos y de los hombros morenos, con el contraste de la blancura de la camiseta. Y también la niña, asomada a la ventana de la cocina, que le sacaba la lengua.

Contaba los minutos, tenía prisa por que Mike se despertara, miraba el teléfono con la esperanza de que se pusiese a sonar. Al final se olvidó de contar, vio la habitación en medio de una niebla, luego ya sólo vio un amarillo luminoso que atravesaba sus párpados, hasta el momento en que se puso de pie y vio ante sí al hombre del sombrero gris que le miraba pensativamente.

—¿Me he dormido?

—Parece que sí.

—¿Mucho rato?

Miró su reloj de pulsera y comprobó que eran las cinco y media.

—¡Pues anoche tú tampoco tuviste precisamente insomnio!

¡Sabía que Eddie se había quedado dormido apenas llegar del aeropuerto! Sus hombres ya le vigilaban. Desde entonces habían estado siguiendo todos sus pasos.

—¿Sigues sin tener hambre?

—Sí.

La botella plana estaba vacía.

—Podríamos pedir que nos suban de beber.

Eddie llamó al camarero. A éste le pareció natural verles juntos en plena tarde, en la habitación.

—Una botella de whisky.

El camarero citó una marca mirando no a Eddie, sino a Mike la Motte, como si conociera sus preferencias.

—Muy bien, muchacho —y le llamó en el momento de alcanzar la puerta—: Y unos cigarros.

Por fin se había quitado el sombrero, que dejó sobre la cama.

—Me extraña que aún no hayan llegado. Deben de haber tenido una avería al cruzar el desierto.

Eddie no se atrevió a preguntar de quiénes hablaba. Además, prefería que no entrara en detalles.

—Esta mañana he mandado al sheriff a la montaña, a más de cien kilómetros de aquí, y hasta mañana no estará de vuelta.

Eddie tampoco le preguntó cómo lo había conseguido. Mike debía de tener sus razones para hablarle así. Tal vez quería sencillamente darle a entender que la suerte estaba echada, que no había ninguna esperanza para Tony.

Eddie había pensado en ello antes de amodorrarse, se preguntó si a Nora —veía hacerlo más a Nora que a Tony— no se le ocurriría la idea de llamar al sheriff para pedir su protección.

—En cuanto a los sheriffs suplentes, uno está en cama con una infección y cuarenta de fiebre. En cuanto al otro, Hooley, fui yo quien le hizo nombrar. Si ha seguido mis instrucciones, y estoy convencido de que las ha seguido, tiene el teléfono estropeado, y seguirá estropeado hasta mañana.

¿Esbozó Eddie realmente una vaga sonrisa de aprobación?

—Van a volver a llamarme.

Esta vez llevó un poco más de tiempo, pero el timbre acabó por sonar.

—¿Ya están aquí? Muy bien. Que les lleven donde ya sabes, y que no les dejen sueltos por la calle. ¿Han estacionado el coche? ¿Han cambiado la matrícula? Un momento...

El camarero traía el whisky y los cigarros. Mike esperó a que hubiera salido.

—Por ahora que nadie haga nada más. Que les den de comer y que jueguen a las cartas si les da por ahí. Nada de alcohol. ¿Entendido?

Un silencio. Escuchaba la respuesta.

—Está bien. Ahora di a González que venga a verme. Sí, aquí. En la habitación.

El cuartel general no debía de estar lejos. Eddie se preguntó si no estaba incluso en aquel mismo hotel. ¿Y si Mike fuese su verdadero propietario?

Aún no habían pasado diez minutos cuando llamaron a la puerta.

—Pasa.

Era un mexicano de unos treinta años que llevaba un pantalón de tela amarillenta y una camisa blanca.

—Eddie Rico...

El mexicano hizo un leve movimiento.

—González, que es algo así como mi secretario.

González sonrió.

—Siéntate. ¿Qué hay de nuevo por allí?

—El propietario, Marco, ha vuelto de los campos y ha habido una charla que ha durado cerca de dos horas.

—¿Y después?

—Se ha ido con el coche llevándose a la niña. Primero se ha parado en una casa, en la otra punta del pueblo, donde vive un tal Keefer, que es amigo suyo, y ha dejado allí a la pequeña.

Mike escuchaba asintiendo con la cabeza, como si todo aquello estuviera previsto.

—Luego ha venido a la ciudad y en Chambers, el que vende artículos de deporte, ha comprado dos cajas de cartuchos.

—¿De qué clase?

—Para una carabina de repetición calibre veintidós.

—¿No ha ido a la oficina del sheriff?

—No. Ha vuelto directamente a Aconda. Los postigos están cerrados, y la puerta también. Me olvidaba de un detalle.

—¿Cuál?

—Ha cambiado las bombillas que iluminan los alrededores de la casa, ha puesto otras más potentes.

Mike se encogió de hombros.

—¿Cómo es Sidney Diamond?

—Me parece bien. No creo que haya bebido.

—¿Quién le acompaña?, ¿Paco?

—No. Es uno nuevo al que no conozco.

Sidney Diamond era un asesino profesional. Eddie lo sabía, un joven que aún no había cumplido veintidós años, pero del que ya se hablaba. Era evidente que era a él a quien se había hecho venir de Los Ángeles, y a quien no había que dejar beber.

Todo eso lo comprendía. Era pura rutina. Hacía ya mucho tiempo que ese tipo de operaciones estaban cuidadosamente reguladas, como las demás, y se desarrollaban de acuerdo con ritos casi invariables. Era preferible que los ejecutores viniesen de fuera, desconocidos en la región. Antes de que le mandaran a Los Ángeles, Sidney Diamond había trabajado en Kansas City y en Illinois.

Los preparativos se hacían ante los ojos de Eddie, y a veces estaba a punto de abrir la boca para gritarles: «Pero ¡es que es mi hermano!».

No lo hizo. Desde que entró en aquella habitación estaba dominado por un estupor. Sospechaba que Mike lo hacía adrede, organizaba todo aquello en su presencia de un modo sencillo, tranquilo, como si fuese lo más natural del mundo.

¿Acaso no pertenecía a la organización?

No hacían más que aplicar las reglas.

Le habían engañado. O, mejor dicho, también a él le habían aplicado la regla. Le habían utilizado para encontrar a Tony. Él nunca se había hecho ilusiones, había buscado a su hermano lo mejor que pudo, había entrado en el juego.

En el fondo siempre había sabido que Tony no aceptaría irse, y que además no dejarían que se fuese.

También Gino lo había comprendido. Y Gino había cruzado la frontera. Esto era lo que más sorprendía a Eddie, lo que le daba más sentimiento de culpabilidad.

—¿A qué hora? —preguntó González.

—¿A qué hora se acuesta la gente de por aquí?

—Muy temprano. Se levantan con el sol.

—¿Digamos a las once?

—Muy bien.

—Lleva a los hombres a la carretera, a doscientos metros de la casa. Tú vas en otro coche, naturalmente.

—Sí.

—Luego les sigues. ¿Has elegido el lugar?

—Está preparado.

—A las once.

—De acuerdo.

—Vuelve con ellos. Y no olvides que Sidney Diamond no ha de beber. Al bajar di que nos suban la cena. Para mí fiambres, ensalada y fruta.

Se volvió hacia Eddie, interrogativamente.

—Lo mismo. Cualquier cosa.

A las nueve de la noche Eddie aún no sabía qué papel le habían asignado, y no había tenido valor para preguntarlo. Mike se había hecho subir el periódico local y lo había leído fumándose un cigarro. Bebía mucho, cada vez tenía la cara más roja, la mirada como extraviada, pero sin perder nada de su presencia de ánimo.

En un momento dado alzó los ojos de su periódico:

—Quiere a su mujer, ¿no?

—Sí.

—¿Y ella?

—Da la impresión de que también le quiere.

—No es eso lo que te estoy preguntando. ¿Es guapa?

—Sí.

—Va a dar a luz dentro de poco, ¿no?

—Dentro de tres o cuatro meses, no lo sé con exactitud.

Hacía ya mucho rato que en las calles se habían encendido las farolas. Se oía el rumor del tocadiscos de un bar, y a veces llegaban hasta ellos voces lejanas, a pesar de las ventanas cerradas.

—¿Qué hora es?

—Las diez.

Luego fueron las diez y cuarto, las diez y media, y Eddie tuvo que hacer un gran esfuerzo para no ponerse a gritar.

—Avísame cuando sean exactamente las once menos diez.

Lo que más temía es que le obligaran a ir hasta allí. Si Gino no hubiese huido, ¿hubiera sido él a quien Phil iba a enviar?

—¿Qué hora es, muchacho?

—Menos veinte.

—Los hombres ya han salido.

O sea que no hacía falta que Eddie les acompañara. Ya no entendía nada. Sin embargo debían de reservarle para algo importante.

—Lo mejor sería que tomaras un trago.

—Ya he bebido demasiado.

—Es igual, bebe.

No tenía voluntad. Obedeció preguntándose si no iba a volver a vomitar, como al mediodía.

—¿Tienes el número de teléfono de los Felici?

—Está en el listín. Lo he visto esta mañana.

—Búscalo.

Lo buscó con la impresión de verse a sí mismo ir y venir como en un sueño. El universo había perdido consistencia. Ya no existía Alice, ni Christine, ni Amelia, ni Babe, sólo una especie de túnel cuyo final no veía y por el que avanzaba a tientas.

—¿Es la hora?

—Poco más o menos.

—Llámale.

—¿Y qué le digo?

—Di a Tony que vaya al encuentro de los chicos en la carretera. Solo. Sin armas. Verá el coche estacionado.

Sintió una opresión tan grande en el pecho que le parecía que no podría volver a respirar nunca más.

—¿Y si se niega? —consiguió preguntar.

—Me has dicho que quiere a su mujer.

—Sí.

—Repíteselo. Él comprenderá.

Mike seguía mostrando una gran calma en su sillón, con el cigarro en una mano, el periódico en la otra, pareciendo más que nunca un juez de película. Eddie apenas se dio cuenta de que había descolgado el auricular y que después balbuceó el número de los Felici.

Una voz que no conocía llegó hasta él:

—Éste es el dieciséis, setenta y dos. ¿Quién habla?

Y Eddie se oyó decir, con los ojos siempre clavados en el hombre del traje blanco:

—Tengo que decirle algo importante a Tony. Soy su hermano.

Hubo un silencio. Marco Felici debía de estar dudando. Por los ruidos, Eddie sospechó que Tony, al adivinar lo que pasaba, le quitó el teléfono de las manos.

—Te escucho —dijo secamente Tony.

Eddie no había preparado nada. Su mente no participaba en lo que estaba sucediendo.

—Te esperan.

—¿Dónde?

—A doscientos metros, en la carretera. Un coche parado.

No necesitaba decir casi nada más.

—Supongo que si no voy lo pagará Nora, ¿no? —hubo un silencio—. Contesta.

—Sí.

—Bueno.

—¿Vas a ir?

Silencio de nuevo. Mike, con los ojos fijos en él, no se movía. Eddie repitió:

—¿Vas a ir?

—No tengas miedo.

Luego una nueva pausa, más corta.

—Adiós.

Él también quiso decir algo, no sabía el qué. Se miraba la mano, que sostenía el auricular, ya mudo.

Chupando su cigarro, Mike murmuró con un suspiro de satisfacción:

—Lo sabía.

9

Eso fue la parte de Eddie. No le pidieron nada más. Nunca más le pidieron nada difícil.

Aquella noche acabó como todas las noches, desde la creación del mundo, con la salida del sol. No lo vio salir en California, sino desde muy arriba en el cielo, por encima del desierto de Arizona, en el avión al que le condujeron a las tres de la madrugada. Y como Bob lo había hecho en Tucson, le metió en el bolsillo una botella plana.

Ni siquiera la abrió. Sidney Diamond y su compañero debían de estar atravesando los arrabales de Los Ángeles en el momento en que el avión aterrizaba por primera vez.

En alguna de las escalas Eddie se equivocó de vuelo. Y hacia las dos de la tarde se encontró en un aeropuerto de tercer orden sobre el cual estalló una tormenta, y donde tuvo que esperar hasta la noche. Sólo al día siguiente, desde Misisipí, llamó a Santa Clara.

—¿Eres tú?

Oía la voz de Alice sin que aquel sonido despertase en él el menor sentimiento.

—Sí. ¿Todo bien por casa?

Las palabras acudían por sí mismas, las palabras habituales, sin que necesitara pensar.

—Sí. ¿Y tú?

—¿Las niñas?

—Amelia se ha quedado en casa. El médico cree que está incubando el sarampión. Si es verdad y lo sabemos esta noche, Christine tampoco podrá ir a la escuela.

—¿No te ha telefoneado Angelo?

—No. Esta mañana he pasado por delante de la tienda. Todo parecía normal. He visto que había un dependiente nuevo.

—Ya lo sé.

—Han telefoneado del Flamingo. Les he dicho que no tardarías mucho en volver. ¿He hecho bien?

—Sí.

—Te oigo mal. Como si estuvieras muy lejos.

—Sí.

¿Había respondido que sí? No se refería a la distancia que separa Florida de Misisipí. Además, no pensaba en nada.

—¿Cuándo estarás de vuelta?

—No lo sé. Creo que hay un avión que sale enseguida.

—¿No has consultado los horarios?

—Todavía no.

—¿Estás enfermo?

—No.

—¿Cansado?

—Sí.

—¿No me ocultas nada?

—Estoy cansado.

—¿Por qué no descansas toda la noche antes de volver a coger el avión?

—Tal vez lo haga.

Lo hizo. Sólo consiguió un cuartito sin aire acondicionado, porque había un congreso en la ciudad. Por los pasillos había gente que llevaba escarapelas y brazales, con el nombre escrito en un cartón colgado del ojal.

El hotel era ruidoso, pero, como en El Centro, se sumió en un desagradable sueño, se despertó dos o tres veces, y en cada ocasión su propio olor, que le parecía nauseabundo, le produjo náuseas.

Sin duda era el hígado. Había bebido demasiado. Ya no tenía costumbre de hacerlo. Tendría que ir a ver a Bill Spangler, su médico, cuando estuviese en Santa Clara.

Por dos veces, al sol, sobre todo en el aeropuerto, había visto un hormigueo de puntitos negros delante de los ojos. Aquello debía de ser un síntoma.

Al despertarse en una habitación desconocida, de pronto tuvo ganas de romper a llorar. Nunca se había sentido tan cansado, tan mortalmente cansado, cansado hasta el punto de que en plena calle se hubiese tendido en la acera, en cualquier sitio, entre las piernas de los transeúntes.

Hubiese necesitado un poco de compasión, que alguien le dijera palabras tranquilizadoras poniéndole una mano fresca sobre la frente. Pero nadie iba a hacer eso. Nunca nadie iba a poder hacerlo. Mañana o pasado mañana, cuando tuviese el valor de regresar, Alice le aconsejaría cariñosamente que descansase.

Porque era cariñosa. Pero no le conocía. Él no le contaba nada. Ella creía que era fuerte, que no necesitaba a nadie.

Eddie no entendió lo que significaba la visita de Gino. Todavía ahora no estaba seguro de entenderlo, pero adivinaba confusamente que su hermano había querido hacerle una especie de señal.

¿Por qué no había sido más explícito? ¿Acaso no confiaba en él?

Sus dos hermanos nunca habían confiado en él. Él hubiera tenido que poder explicarles... Pero ¿cómo? Y explicar ¿el qué?

Fue a ducharse y observó que había engordado. Le estaban naciendo unos pechecitos blandos, como a una niña de doce años.

Se afeitó. Como en la última mañana de Santa Clara, se hizo sangre en el lunar. Afortunadamente, siempre llevaba consigo un lápiz especial para estos casos.

Tuvo que esperar cerca de una hora el traje de verano que había mandado a la lavandería. Tiró la botella de whisky sin abrir a la papelera.

¿Qué importaba que otros no lo comprendiesen? Sid Kubik sabía que él había hecho lo que debía hacer. Cuando Mike le telefoneó a las doce y media para decirle que todo había terminado, Sid quiso ponerse al teléfono y dijo textualmente: «Dile a Eddie que ha estado bien». Mike no se lo había inventado.

«Dile a Eddie que ha estado bien.»

Si Phil estaba en la habitación, sin duda había hecho aquel feo fruncimiento de labios.

«Dile a Eddie...»

Deliberadamente no anunció a su mujer a qué hora iba a llegar. En el aeropuerto tomó un taxi y en primer lugar se hizo conducir a la tienda.

Angelo bajó dos escalones para salir a su encuentro.

—¿Todo bien, jefe?

—Todo bien, Angelo.

Las cosas seguían siendo tristes, sin color, sin sabor, casi sin vida.

¿Volvería alguna vez a ser como antes? Lo que le decía Angelo era un consuelo: «Jefe...».

¡Había trabajado tanto, desde la tienda de Brooklyn, para oírse llamar así!

Shadow Rock Farm,
Lakeville (Connecticut),
22 de julio de 1952

PATRICIA HIGHSMITH
El cuchillo

Walter es un joven y prometedor abogado casado con Clara; viven en una bonita casa en un barrio residencial y parecen una pareja perfecta. Pero Clara ha ido aislando a Walter, y a veces da la impresión de que quiere más a su perro que a él... Un día asesinan a Helen Kimmel, una respetable mujer de clase media, y quizá el asesino sea su esposo. A partir de ese momento Walter se obsesiona con el crimen y no deja de hacerse todo tipo de preguntas. Y entre las que se formula, dos que le arrastrarán al fondo de una trama criminal: ¿por qué no mirarse en ese asesinato, el espejo de sus deseos más ocultos? ¿Por qué no matar a Clara?

Mar de fondo

La reputación de Vic es intachable; por el contrario, la de Melinda, su mujer, es bastante dudosa. Guapa y divertida, tiene un amante tras otro y no se molesta en ocultarlo. Vic, curiosamente, parece comprenderlo y hasta encontrarlo gracioso. Un día Vic le cuenta a Joel, el amante de turno de Melinda, que ha matado a uno de los amigos de su esposa. Joel le cree, se asusta y se marcha, y poco después la inquieta Melinda vuelve a las andadas con Charley, que una noche se ahoga en una piscina. Melinda asegura que ha sido un asesinato y que el responsable es su marido. Pero ¿quién creería a Melinda? ¿Y alguien tan civilizado como Vic sería capaz de hacer algo así?